Einmal sehen wir uns wieder

IMPRESSUM:
Autor: Siegfried Laggies
Umschlaggestaltung: Siegfried Laggies
Lektorat,Korrektorat:
Gerda Steinau, Siegfried Laggies

Eigenes Bild

Verlag: tredition Hamburg
Paperback: ISBN: 978-3-7439-7568-2
Hardcover: ISBN: 978-3-7439-7569-9
e-Book: ISBN: 978-3-7439-7570-5
Printed in Germany

Vorwort

oder

Das Urteil einer Leserin.

War es Zufall, oder gar das Schicksal des Autors, dass ich in den Genuss kam, diesen Roman nach seiner Fertigstellung als erste lesen zu dürfen?

Zwanzig Jahre lebten wir quasi Tür an Tür ohne zu wissen, was der andere macht. Eine Paketsendung, die der Autor freundlicherweise für mich in Empfang nahm, war der Anlass miteinander zu Reden.

Ich bin eine passionierte Leserin und bin seit unzähligen Jahren Mitglied eines Lesezirkels. Weit über einhundert Belletristik Romane habe ich bereits gelesen. Ich darf also von mir behaupten, über die Qualität eines Romans ein Urteil abgeben zu können. Mit diesem Roman findet der Autor meine höchste Anerkennung. Bezogen auf diesen Roman bin ich davon überzeugt, dass er sprachlich und substanziell den Anforderungen des Buchmarktes gewachsen ist. Besonders hebe ich hervor, dass der Autor die Gabe hat, sich in die Psyche seiner Protagonistinnen hineinzuversetzen und dadurch den Handlungen die erforderliche Spannung und Brisanz verleiht.

Hamburg, im November 2017
Inge Kopf

Siegfried Laggies

Einmal sehen wir uns wieder

Kapitel -1-

Aus dem Radio hörte man leicht beschwingte Melodien. Es war 8:30 Uhr. „Na ja", dachte sich Herbert, „so wird man wenigstens behutsam geweckt." Nach gut einer halben Minute, die Musik wurde immer leiser und deutlich war zu hören:

„Guten Morgen liebe Hörerinnen und Hörer, hier ist wieder Ihre Caroline. Ich führe Sie heute durch das morgendliche Programm."

„Fünf Minuten noch", dachte Herbert, „dann stehe ich auf." Es wurden aber zehn Minuten. Im Unterbewusstsein viel ihm seine Erika ein, die ihn genau vor zehn Jahren verlassen hatte. Sei es wie es ist, das Schicksal geht seltsamen Wege.

Er schlug die Bettdecke auf und begab sich anschließend ins Badezimmer.

„Der Bart wächst auch immer schneller", murmelt er beim Rasieren so vor sich hin. Als er dann später in den Spiegel schaute, kam nur noch ein: „Geht doch", heraus. Anschließend, frisch gestylt, begab er sich in die Küche. „Ein bisschen sollte der Mann schon auf sich achten", waren seine Gedanken, „schließlich will man ja auch noch von der Damenwelt wahrgenommen werden." Für sein Alter hatte Herbert ein sehr gutes Erscheinungsbild. Er war groß und schlank, sein volles Haar hatte er auch noch.

„Als ich noch im Berufsleben stand, in meiner Abteilung die hübschen Frauen um mich hatte, dass waren noch Zeiten!"

„Mensch Junge", durchfuhr es ihn, „sei mit dir zufrieden, man bleibt eben nicht immer Jung und mit gerade mal 59 Jahren zählst du doch auch noch nicht zum alten Eisen."

Zwei Tassen Kaffee und eine Scheibe Brot, mehr nahm er am Morgen nicht zu sich. Er achtete auch noch im Alter auf seine Figur. Während des Frühstücks ließ er seinen Gedanken freien Lauf.

„Es wäre doch schön, wenn sich mal ein Verlag für meine Arbeiten interessieren würde. Wenn ich gefrühstückt habe, gehe ich zuerst zum Briefkasten. Vielleicht kommt das Glück auch einmal zu mir."

Es läutete: „Wer soll das denn sein, ich habe doch nichts bestellt", dachte er und ging zur Tür. „Guten Morgen", sagte eine Stimme, „Herr Kleinschmitt?"

„Ja", war die Antwort, „wenn Sie hier bitte unterschreiben wollen." Es war der Postbote. Herbert nahm den großen Umschlag entgegen und schaute auf den Absender:

„Der Lagisi Verlag", murmelte er vor sich hin. Es kamen die eingesandten Manuskripte wieder zurück. „Was um Himmels willen mache ich falsch?", fragte sich Herbert nach dieser erneuten Absage. „Die eigene Biografie zu schreiben, ja das wäre vielleicht auch eine Möglichkeit. Andererseits, wer interessiert sich schon für mein Leben?" Nach einigen Minuten läutete es wieder bei ihm. Herbert ging zur Tür und öffnete sie. Walter Steinert, ein ehemaliger junger Arbeitskollege aus seiner Abteilung stand vor ihm. Herbert war auch sein Trauzeuge. Glücklich und zufrieden sah er nicht gerade aus.

„Guten Morgen Herbert", sagte Walter und weiter, „kann ich dich einmal sprechen?" „Aber ja, komm rein. Was hast du denn auf dem Herzen und wie kann ich dir helfen?" „Ach weißt du, zu Hause fällt mir die Decke auf den Kopf. Ich habe ein Problem und darüber möchte ich mit dir einmal sprechen. Du bist doch der Einzige, dem ich mich anvertrauen kann." „Dann bitte, ich höre!" „Das Maike in ihrem ganzen Erscheinungsbild eine Traumfrau ist, brauche ich nicht besonders hervorzuheben. Das mich alle meine Kollegen um sie beneidet haben, weißt du auch. Nun, inzwischen sind wir drei Jahre verheiratet und hatten auch bis vor etwa drei Monaten, ein schönes Eheleben. Wie schon gesagt, bis vor drei Monaten! Seit Neuestem muss nun Maike ständig Überstunden machen, oder hat ihren Mädchenabend, der so manches Mal bis tief in die Nacht hinein dauert. Natürlich ist sie müde, wenn sie nach Hause kommt. Dann will sie nur noch schlafen. Beweisen kann ich es dir nicht, aber ich glaube, Maike hat einen anderen."

„Warte doch erst einmal ab und beobachte sie, vielleicht ist doch alles ganz harmlos. Nachfühlen kann ich es. Ich weiß noch, wie meine Erika sich von mir getrennt hat und mich auf einen Schlag vor vollendete Tatsachen stellte. Es wird aber nicht alles so heiß gegessen, wie es gekocht wird. Andererseits mein lieber Walter: „Was nützet dir ein schöner Garten, wenn andere drin spazieren gehen." In so einem Fall, jemandem einen Rat zu geben, ist schwer. Ich kann dir nur sagen, gestützt auf meine Lebenserfahrung: Sprich mit ihr und dann entscheide dich! Wenn du kein Hobby hast, dann suche dir etwas, was dir Spaß macht, die gewünschte Ablenkung ist inbegriffen." „Ja", ich werde es versuchen."

„Herbert, ich habe gehört, du schreibst Romane, bist du zu den Buchautoren gegangen? Sag mir, wie konnte das denn geschehen?"

„Bei mir hatte der Zufall seine Hand im Spiel. Ein geglaubt verlorengegangenes Manuskript meines Vaters, das er vor vielen Jahren geschrieben hatte, bekam ich von seiner Schwester aus Amerika wieder zurück. Es handelt sich um seinen Roman aus dem ostpreußischen Bauernleben und hat den Titel >Ihr Lied<. Diesen Roman habe ich gelesen. Er hat mich derart in seinen Bann gezogen, dass ich beschloss, ihn zu bearbeiten. Anschließend habe ich den Roman auf eigene Kosten veröffentlicht. Genau diese Arbeit erweckte in mir das Begehren, auch etwas Eigenes zu Papier zu bringen. So entstand auch mein erster Roman:

>Und es entstehen blühende Gärten<, eine Familiengeschichte, die sich nach der Wiedervereinigung auch so ereignet haben könnte, oder ereignet hat. So, nun weißt du, warum ich zu den Buchautoren gewechselt bin."

„Herbert ich danke dir, ich werde versuchen, deinen Emp-
fehlungen zu folgen."

Kapitel -2-

„Klaus bist du noch im Badezimmer?" „Ja", antwortete er, „einen Augenblick noch, dann komme ich." „Ich habe das Frühstück auf dem Tisch stehen", lies Petra wissen, „so in aller Ruhe, haben wir schon lange nicht mehr gefrühstückt."

„Ich komme ja schon, schau, hier bin ich", sagte er lächelnd und drehte sich im Kreise. „Ja, man sieht es, bist noch ein ganz fescher Kerl mit deinen 59 Jahren. Es macht doch was aus, wenn man hübsche Frauen um sich hat", sagte Petra und lächelte ihm zu. „Jetzt aber frühstücken wir erst einmal".

Petra ist 48 Jahre alt, brünett und schlank. Auch sie hatte eine tolle Ausstrahlung.

„Du hast dich heute mal wieder selbst übertroffen und das schon am frühen Morgen", sprudelte es aus ihm heraus. Als er sich dann an den Frühstückstisch setzte: „Ich wünsche dir einen guten Appetit", sagte er. Sie nahm das Kompliment strahlend entgegen. „Danke, ich wünsche dir auch einen guten Appetit."

Petra aber merkte, dass irgendetwas anders ist als sonst. Doch dann hat sie es vernommen!

„Sag mal, hast du dein Parfüm gewechselt?", fragte sie, „warum hast du denn nichts gesagt, ich hätte dir doch dein Eau de Toilette besorgt."

„Ach du lieber Gott", dachte er. Doch dann hat er sich wieder gefangen.

„Ja das stimmt, die Flasche war leer. Als ich ein Gespräch unter vier Augen mit Herrn Dr. Fuchs hatte, wurde mir die Zeit knapp. Ich habe Frau Waldsee gebeten, sie möge mir doch ein neues Eau de Toilette kaufen. Sie hat das wohl verwechselt. Du kennst mich ja, mir ist es nicht einmal aufgefallen."

„Mir gefällt dieser Duft nicht. Ich hole dir heute noch deine gewohnte Duftnote."

„Soll ich denn diese Flasche nicht erst aufbrauchen. So schlecht ist der Duft nun wirklich nicht."

„Wieso, gefällt er deiner Frau Waldsee besser?", bemerkte sie etwas verstimmt.

„Nun sei doch nicht gleich wieder pikiert", ich glaube, sie hat es bestimmt nicht mit Absicht gemacht."

„Das ist mir egal, hier zu Hause möchte ich den Duft haben, der bislang immer in unserem Hause zu vernehmen war. Ich hole eine neue Flasche."

„Ach ja der Urlaub, den wollte ich auch noch mit ihm besprechen", es viel ihr in diesem Augenblick ein.

Übrigens, während deiner Abwesenheit hat die Familie Thome aus Westerland angerufen. Frau Thome sagte mir, wir hätten doch jetzt schon zwei Jahre nicht mehr unseren Urlaub bei ihnen verlebt. Sie fragte mich, ob wir denn keine Lust mehr hätten, es wäre doch immer so schön gewesen. Mir hat es in Westerland jedenfalls immer gut gefallen. Ich aber höre in den letzten zwei Jahren von dir nur noch: >die Firma und mein Chef<. Wir sollten ja auch mal an uns denken, jünger werden wir nicht." „Was ist denn in sie gefahren", dachte Klaus, „es stimmt zwar, mit ihr habe ich schon lange keinen Urlaub mehr verbracht."

„Schatz du weißt doch, wir haben zurzeit eine wirtschaftlich sehr angespannte Lage. Was glaubst du, warum ich so viel Reisen muss? Wir brauchen Aufträge, die Mitarbeiter haben alle eine Familie."

„Das mag ja alles sein, aber denk auch mal an uns, versauern möchte ich hier auch nicht."

In ihren Gedanken ließ sie die schönen Urlaube auf Sylt an sich vorüberziehen:

„Ach was war das schön, wenn wir zum Weststrand gefahren sind und an der Fußgängerbrücke die Temperatur abgelesen haben. Unseren Strandkorb hatten wir auch immer. Ja und dann die schönen Abende auf der Promenade. Ein Aalbrötchen, ein Strandkorb und dann das Rauschen des Meeres genießen. Der schöne Opernabend, das alles vermisse ich sehr". Die Enttäuschung stand ihr ins Gesicht geschrieben.

„Du bist in den letzten zwei Jahren mit deiner Frau Waldsee mehr zusammen, wie mit mir", das kann es doch nicht sein. Klaus hörte sich alles an und schwieg. Erwartet hatte er das morgendliche Gespräch so nicht.

„Wie soll ich es ihr beibringen", dachte er, „morgen beginnt schon wieder die nächste Reise."

Das Telefon läutete. Petra nahm den Hörer und meldete sich:

„Ja bitte, Herrmann hier, was kann ich für Sie tun?" Einen kurzen Moment hörte sie nichts, doch dann: „Guten Morgen Frau Herrmann, Waldsee ist mein Name. Kann ich bitte Ihren Mann sprechen." Damit hatte Petra nun wirklich nicht gerechnet. Sie gab ihm den Hörer mit der Bemerkung: „Hier nimm, es ist Frau Waldsee"; Petra ging danach in den Garten. Klaus nahm den Hörer und meldete sich: „Helga was gibt es, meine Frau ist im Garten, du kannst sprechen."

„Also mein Schatz, das Hotel habe ich gebucht >All inclusive<, ich freue mich schon. Mal eine Woche so richtig ausspannen nur du und ich. Es wird uns guttun und unsere Liebe festigen."

„Sie kommt! Ja gut Frau Waldsee, dann bis morgen früh. Sie kommen doch mit Ihrem Wagen zur Firma?"

Dass Petra verärgert war, sah man ihr an. Sie ging ins Wohnzimmer und mit der Bemerkung:

„Na, habt ihr euch gut unterhalten", setzte sie sich in einen Sessel.

„Ja das haben wir. Ich muss morgen früh wieder los, richte mir bitte wieder meine Sachen. Den Anzug bring doch bitte in die Reinigung. Ich habe in ihm sehr geschwitzt. Es tut mir leid, aber dieses Mal ist es für eine Woche. Voraussichtlich habe ich vier Firmen zu besuchen."

Der Tiefpunkt war erreicht. Petra setzte sich in ihren Wagen und fuhr zu ihrer Freundin Karin Stollte.

Dort angekommen stellte sie ihren Wagen ab und läutete. Es machte aber niemand auf. Sie läutete noch einmal. Und wieder blieb die Tür verschlossen.

„Dann gehe ich ums Haus und schau in den Garten", dachte sie und machte sich auf den Weg.

Tatsächlich, Karin hatte es sich im Garten gemütlich gemacht. Unter einem Kastanienbaum saß sie in einem Liegestuhl und las ein Buch, die Handlungen fesselten sie so sehr, dass sie Petras kommen nicht bemerkte. Es war ein wunderschöner Sommertag. Das Thermometer hatte bereits die 28 Grad überschritten.

„Hallo", rief Petra, Karin sollte sich doch nicht erschrecken, was aber geschah. Sie sprang hoch und drehte sich um.

„Hallo Petra, was führt dich so früh zu mir, hast du was auf dem Herzen, kann ich dir helfen?"

Karin schaute Petra in die Augen.

„Mit dir stimmt doch etwas nicht, was ist geschehen?"

„Ich weiß nicht, wie ich es dir erklären soll. Aber als wir heute am Frühstückstisch saßen, bemerkte ich, dass Klaus ein anderes Eau de Toilette benutzt. Ich habe es sofort gerochen. Und als ich ihn darauf angesprochen habe, sagte er mir, dass es seine Sekretärin gekauft hätte und sich wohl vertan habe. Seine Flasche sei leer gewesen und er wegen eines Gesprächs die Zeit nicht hatte, selbst eine zu kaufen."

„Nun beruhige dich mal und mach dich nicht selbst verrückt. Das kostet nur deine Nerven. Ich kann es mir nicht vorstellen, dass Klaus zu einer anderen geht."

„Ab morgen ist er aber wieder für eine Woche weg. Ich soll ihm seine Sachen richten und den Anzug, in dem er so geschwitzt habe, in die Reinigung bringen. Na, vielleicht hast du ja recht."

Noch gute zwei Stunden hielt sich Petra bei ihrer Freundin auf. Man plauderte über alles Mögliche. Petra fuhr wieder nach Hause, um auch die Sachen zu richten. Es kam der nächste Morgen. Klaus frühstückte und machte sich dann auf den Weg. Ein Abschied wie Früher war es nicht.

„Eigenartig ist es schon", sie führte ein Selbstgespräch, „aber vielleicht hat er ja auch zu viel Stress.

Und was mache ich nun mit dem angefangenen Tag", fragte sie sich, „zuerst bringe ich den Anzug in die Reinigung und dann gehe ich shoppen, das beruhigt die Nerven."

Petra nahm sich den Anzug, schaute nach, ob alle Taschen auch leer sind. Sie wollte ihn schon in die große Tragetasche stecken, da fasste sie noch einmal in die seitliche Jackentasche und fühlte ein kleines Kärtchen.

„Gut, dass ich nachgesehen habe", dachte sie und holte das Kärtchen aus der Tasche. Es war ein Geschenkanhänger der Thomas Parfümerien.

Kapitel -3-

Inzwischen waren 14 Tage vergangen. Von zwei Verlagen gab es noch keine Rückmeldung. Am nächsten Morgen, Herbert ging wieder zum Briefkasten:
„Eigentlich müsste der Postbote schon hier gewesen sein", sagte ihm seine innere Stimme. Er ging hinunter und schaute nach. Tatsächlich, ein Verlag hatte geschrieben. Schnell nahm er den Brief und eilte nach oben. Seine Hände zitterten, als er ihn öffnete. Er las den Brief einmal, zweimal, glauben konnte er es nicht, was dort geschrieben stand. Er las den Brief noch einmal:

„Sehr geehrter Herr Kleinschmitt,

Herzlichen Dank für die vertrauensvolle Anfrage zur Herausgabe Ihres Buches. Das Ergebnis der Lektorats-Prüfung und die auf dieser Basis gefällte Entscheidung des Lektorats-Teams und der Verlagsleitung sind eindeutig, Ihr Werk wird zur Veröffentlichung in unserem Haus empfohlen.

Die Veröffentlichungsempfehlung unseres Hauses bestätigt, dass Ihr Werk sich durch den kulturellen Wert seiner Botschaft für die Leser auszeichnet und zudem sprachlich und substanziell den Anforderungen des Buchmarktes gewachsen ist. Mit dieser Voraussetzung und mit der professionellen Unterstützung des Tuchmeier Verlags ist die Marktfähigkeit Ihres Buches gewiss.

Zwecks einer Terminabsprache bitten wir Sie, sich mit uns in Verbindung zu setzen.
Mit freundlichen Grüßen
Tuchmeier Verlag
Eingangslektorat."

Selbst nach mehrmaligem Lesen konnte er es immer noch nicht fassen. Luftsprünge hätte er am liebsten gemacht.
„Damit ich bei einer Besprechung keine Fehler mache, muss ich dieses Manuskript noch einmal lesen. Vorab brauche ich aber erst eine gute Tasse Kaffee."

Es vergingen ein paar Tage. Immer deutlicher zeichnete es sich ab, dass man den zweiten Schritt nicht vor dem Ersten machen dürfe. Er beschäftigte sich noch einmal mit dem eingesandten Manuskript. Anschießend setzte er sich mit dem Tuchmeier Verlag in Verbindung und bat um einen Termin.
„Gut, dass der Verlag in unserer Stadt ist. Ich werde dort anrufen." Herbert nahm den Hörer und wählte die Nummer des Verlags bzw. des Lektorats:
„Tuchmeier Verlag, Eingangslektorat Frau Zimmer, was kann ich für Sie tun?", war am anderen Ende zu hören.

„Guten Tag, Kleinschmitt ist mein Name. Ich habe vor drei Tagen einen Brief von Ihnen bekommen.

In diesem Schreiben beziehen Sie sich auf mein eingesandtes Manuskript >Und es entstehen blühende Gärten<

Zwecks eines Termins sollte ich mich mit Ihnen in Verbindung setzen, was ich nun hiermit tue."

„Das freut uns Herr Kleinschmitt, dass Sie sich melden. Ich werde Sie sofort weiterverbinden zu Frau Stein."

„Stein, Herr Kleinschmitt ich grüße Sie. Wie wir Ihnen schon geschrieben haben, wird Ihr Werk in unserem Hause zur Veröffentlichung empfohlen. Natürlich haben wir vorab noch einige Punkte zu klären. Zum Beispiel das Buchcover. Eine kleine Selbstbeteiligung wäre auch aufzubringen. Herr Kleinschmitt, ich mache Ihnen ein schriftliches Angebot. Sie erhalten es in den nächsten Tagen und dann sprechen wir weiter. Für heute belassen wir es bei diesem Gespräch. Bei Ihrer weiteren schriftstellerischen Tätigkeit wünsche ich Ihnen viel Erfolg. Auf Wiedersehen."

„Auf Wiedersehen", sagte auch Herbert.

Inzwischen waren wieder einige Tage vergangen. Herbert ging wieder hinunter zum Briefkasten. Es sollte ja noch das Angebot kommen. Er öffnete seinen Briefkasten. Tatsächlich, er bekam das versprochene Angebot. Wie schon beim ersten Mal, Herbert eilte nach oben und las.

„Okay", sagte er sich, „mit diesem Angebot könnte ich mich identifizieren, wenn es nicht diese hohe Eigenbeteiligung gäbe. Eintausend Euro, ja die könnte ich noch aufbringen. Ich werde mich mit dem Verlag in Verbindung setzen und ihnen meinen Vorschlag unterbreiten. Ich könnte mir vorstellen, bis zur Tilgung eines vereinbarten Betrages, auf mein Honorar zu verzichten."

Herbert setzte sich noch einmal mit der Lektorin Frau Stein in Verbindung und erläuterte sein anliegen.

„Herr Kleinschmitt ich bitte um Ihr Verständnis, wenn ich Ihnen sage, das kann ich nicht alleine entscheiden."

Es vergingen wieder einige Tage. Doch dann, es läutete das Telefon:

„Ja Kleinschmitt hier", so meldete er sich.

„Und hier ist Frau Stein. Herr Kleinschmitt, wir haben Ihren Vorschlag besprochen und wären damit einverstanden, wenn wir die Variante 1 aus unserem Angebot nehmen könnten. Das heißt, Sie zahlen die 1000,00 Euro und der Rest wird mit dem Honorar verrechnet. Wenn Sie damit einverstanden sind, fixieren wir die jetzt getroffene Vereinbarung und übersenden Ihnen diese."

„Ja, damit bin ich einverstanden."

Es vergingen drei weitere Tage und Herbert hatte den neuen Vertrag in seinen Händen.

Wie gewünscht, sendete er dem Verlag den unterschriebenen Vertrag wieder zurück. Es dauerte nicht lange und die ersten 200 Exemplare wurden gedruckt. Es war unmittelbar vor der Leipziger Buchmesse. Nach etwa 14 Tagen war die erste Auflage vergriffen und es wurde die zweite etwas größere Auflage gedruckt. Herbert strahlte wie die Sonne im Hochsommer.

„Ach ja", waren seine ersten Gedanken, „da war doch noch meine große Jugendliebe. Wie mag es ihr ergangen sein. Petra, ein Mädchen, traumhaft schön und auch mit vielen Vorteilen ausgestattet", der Gedanke ließ sein Herz höherschlagen.

„Kennengelernt hatten wir uns sehr früh", erinnerte er sich. „Sie wurde fünfzehn und ich war so um die 25 Jahre. Natürlich hatten wir verschiedene Interessen. Sie war eben ein kleines Mädchen und ich ein doch schon junger Mann, der aber nur Fußball im Kopf hatte. Trotz allem, wenn wir uns sahen, es war immer etwas Besonderes. Man fühlte sich gegenseitig angezogen. Sie war für mich meine kleine Schwester. Und in den späteren Jahren, sie war schon inzwischen im 18ten Lebensjahr, haben wir uns unsterblich ineinander verliebt. Leider machten damals ihre Eltern unserer Liebe ein jähes Ende. Ich war ja zu jener Zeit nur ein Bergmann. Jahre später, der Zufall wollte es, erfuhr ich, dass sie nach einigen Jahren geheiratet hat. In meinem Inneren bleibt sie aber meine Prinzessin!"

So ließ er diese Erinnerungen an sich vorüberziehen.

Kapitel -4-

Die Zeit verging. Vier Monate konnte man nun schon sein Buch im Buchhandel erwerben. Die Verkaufszahlen stiegen ständig. Inzwischen wurden bereits 10.000 Exemplare gedruckt und verkauft.

Herbert ging mal wieder seinen allmorgendlichen Gang zum Briefkasten. Er öffnete ihn, außer einem Reiseprospekt, war nichts darinnen. Gemütlich ging er die Treppen hinauf und setzte sich dann in einen Sessel. „Na, mal schauen was die einem so anbieten", waren seine Gedanken. Er blätterte in ihm und schaute sich die dort angebotenen Reisen an.

Gleich auf der ersten Seite stach ihm eine Schiffsreise ins Auge. Eine große Ostsee-Kreuzfahrt, 13 Tage ab Bremerhaven. „Das wäre doch etwas für mich", dachte er, „und schreiben könnte ich dort auch."

Den Prospekt legte Herbert aber zunächst einmal beiseite.

Kapitel -5-

Was Petra nun zu sehen bekam, verschlug ihr die Sprache.

„Mein lieber Schatz, ich danke dir für alles. Ich liebe dich mit Haut und Haaren. Deine Helga."

„Na warte", dachte sie, „dir werde ich helfen, habe ich es mir doch gedacht."

Sie nahm das Telefon und rief seine Firma an. Es meldete sich die Telefonzentrale.

„Frau Herrmann hier, bitte sagen sie mir, wo ich meinen Mann erreichen kann", legte sie gleich los.

„Liebe Frau Herrmann, das müssten Sie doch besser wissen, Ihr Mann hat doch eine Woche Urlaub."

„Kann ich denn Frau Waldsee sprechen", fragte sie weiter, „oder hat sie auch Urlaub."

„Ja", sagte ihr die Dame am Telefon. Petra war geschockt! Jetzt wusste sie, was die Stunde geschlagen hat. Petra setzte sich wieder in ihren Wagen und fuhr sofort zu ihrer Freundin.

„Er ist mit ihr in Urlaub gefahren", sprudelte es aus ihrem Munde, als Karin ihr die Tür öffnete.

„Nun komm erst einmal herein und setz dich", Karin musste sie zuerst beruhigen, dann sagte sie:

„Nun erzähl mir, was ist geschehen, aber bitte alles der Reihe nach. Sonst kann ich dir nicht helfen." „Ich sollte doch den Anzug in die Reinigung bringen. Also habe ich in allen Taschen noch einmal nachgesehen, ob nichts mehr drinnen ist. Vor allem Taschentücher oder eventuell ein Kugelschreiber.

Als ich dann in die Seitentasche seiner Jacke gegriffen habe, fand ich dieses Kärtchen. Lese es bitte genau. Es wird dir auch die Sprache verschlagen." Karin nahm dieses Kärtchen und las, was dort geschrieben stand. Auch ihr verschlug es die Sprache.

„Und wie willst du nun damit leben? Falls du es überhaupt kannst", fragte sie. Es kam ein Schweigen.

„Ihm nachspionieren kann und will ich nicht. Ich weiß ja nicht einmal, wo er sich aufhält. In seiner Firma wusste man es auch nicht. Man sagte mir, ich müsse doch wissen, wo er ist, denn schließlich habe er eine Woche Urlaub. Diese Aussage hat mir gelangt."

„Egal wie du dich entscheiden wirst, eines möchte ich dir gleich sagen: In meinem Hause bist du zu jeder Zeit willkommen. Hast du eine Ahnung, wie lange es schon mit den beiden geht?"

„Genaues kann ich nicht sagen. Ich vermute jedoch, dass es schon eine ganze Weile so geht. Unter dem Vorwand, er habe so viel Stress, ist unser Eheleben in den letzten eineinhalb Jahren nahezu eingeschlafen. Heute weiß ich warum!" Vieles ging den beiden Frauen durch den Kopf. Die Eine, wie kann ich helfen und die Andere, wie soll es weitergehen. Petra durchbrach als Erste ihr Schweigen:

„Ich werde mir auf jeden Fall einen Anwalt nehmen. Sollten sich, nachdem ich mit Klaus gesprochen habe, meine Vermutungen bestätigen, werde ich den Anwalt beauftragen, die Scheidung einzureichen."

„Ja, ich würde auch sagen, sprich erst einmal mit ihm, und wenn sich deine Vermutungen bestätigen, kannst du die nächsten Schritte immer noch einleiten. Dass mein Haus dir offensteht, habe ich dir schon gesagt."

Die eine Woche verging schneller, als beide gedacht hatten. Am Sonntag, Petra saß in ihrem Wohnzimmer und versuchte sich mit einem Buch abzulenken, was ihr aber nicht gelingen wollte. Es war so gegen 17:30 Uhr als sie seinen Wagen hörte.

„Na, dann kommt ja wohl jetzt die Stunde der Wahrheit." Es dauerte noch gut fünf Minuten, Klaus schaute noch in seinen Wagen, ob nichts Verdächtiges liegen geblieben ist. Dann betrat er das Haus. Im Glauben, Petra werde dort mit offenen Armen stehen, schaute er hoch. Nichts war geschehen. Sie saß im Wohnzimmer und hielt dieses Buch in der Hand.

„Hallo Schatz", so begrüßte er sie. Petra hingegen schaute nicht einmal hoch.

„Was ist mit dir, geht es dir nicht gut?" Wollte er nun wissen. Klaus sah sich um und entdeckte auf einem Sessel seinen Anzug liegen.

„Was ist mit dem Anzug?", war seine Frage. Ohne auch nur eine Geste der Begrüßung anzudeuten, stand sie auf, nahm den Anzug und sagte:

„Den konnte ich leider nicht zur Reinigung bringen, in ihm waren noch zu viele Erinnerungen. Zum Beispiel, dieses Kärtchen. Ich glaube, das war es wohl."

Zunächst war nur ein eisernes Schweigen zu vernehmen, keiner traute sich, auch nur ein Wort zu sagen. Doch dann eröffnete Petra die zu erwartende und unvermeidbare Aussprache:

„Ich erwarte von dir, dass du dich jetzt wie ein Mann verhältst und nicht anfängst herumzueiern. Also, Butter bei den Fischen, wie lange bumst du schon mit ihr herum? Komm mir bitte nicht an, dass es erst seit kurzer Zeit ist. Ich bin meinen Eltern heute noch böse, dass sie es mir damals untersagt hatten, mich mit Herbert zu treffen. Ich war ja erst siebzehn und er war nur Bergmann. Dass wir uns liebten, hat sie nicht interessiert. Diese hochnäsige Einstellung kotzt mich immer noch an."

Danach war absolute Stille, eine Stecknadel hätte man fallen hören können. Klaus stand wie ein nasser Pudel in seinem Wohnzimmer. Mit aller Kraft versuchte er seine Gedanken zu sammeln, um wenigstens eine halbwegs vernünftige Antwort geben zu können.

„Ja", sagte er, „wenn ich es mit deinen Worten wiedergeben darf, wir bumsen schon seit zwei Jahren.

Und damit du auch weißt, woran du bist, ich werde mich scheiden lassen."

„Den Weg kannst du dir sparen, ich habe bereits meinen Anwalt beauftragt, die Scheidung einzureichen. Wie dir wohl bekannt sein dürfte, das Haus gehört mir. Also sieh zu, wo du bleibst!"

„Sollte das ein Rauswurf sein?" „Ja das ist es!"

Es nahte der Abend. Petra ging hinauf ins Schlafzimmer und brachte seine Nachtwäsche in das Gästezimmer.

„Ab sofort möchte ich dich nicht mehr in meinem Schlafzimmer sehen. Und was den Rauswurf betrifft.

Ich gebe dir drei Monate Zeit. Das reicht wohl, um eine Wohnung zu suchen. Oder ziehst du gleich zu ihr, was ich am liebsten sehen würde."

„Nun mach hier nicht die Pferde wild, du wirst mich schon früh genug loswerden", mehr aber konnte er nicht sagen.

„Mach nicht die Pferde wild, ist gut, weil du es so wolltest, habe ich meine Karriere aufgegeben. Ich hatte auch einen tollen Job und war in meiner Firma angesehen. Und jetzt glaubst du, du könntest mich so einfach abservieren, weil du meinst, du müsstest eine Jüngere haben. Nicht mit mir! Das schwöre ich dir."

Dass seine Frau so reagiert, damit hatte Klaus nicht gerechnet. Es verschlug ihm die Sprache. Am anderen Morgen, Petra war schon früh auf den Beinen und hatte auch schon gefrühstückt. Klaus kam die Treppe hinunter und schaute auf den Küchentisch, er war leer.

„Du frühstückst ab sofort bei ihr. Ich jedenfalls bereite dir kein Frühstück mehr, das musst du dir schon selber machen."

„Lass sie in Ruhe", waren seine Gedanken, „sie wird schon wieder zu sich kommen."
Klaus richtete sich sein Frühstück und fuhr anschließend zu seiner Firma. Helga, die ihn kommen sah, ging ihm ein Stück entgegen und sagte: „Guten Morgen mein Schatz. Die Telefonistin hat mir gesagt, dass deine Frau angerufen hat, und wissen wollte, wo sie dich erreichen kann. Anschließend fragte sie noch, ob ich auch Urlaub habe." „Helga, das ist mir bekannt." „Dann ist wohl jetzt die Bombe geplatzt." „Ja, sie hat dein Kärtchen in meiner Jackentasche gefunden. Und alles, was danach kam, kannst du dir ja denken. Aus unserem Schlafzimmer hat sie mich verbannt und mein Nachtzeug ins Gästezimmer gebracht. Das Haus hat sie von ihren Eltern. Sie machte mir klar, dass ich das Haus innerhalb von drei Monaten zu verlassen habe. Mehr Zeit benötige ich wohl nicht, um mir eine eigene Wohnung zu beschaffen."
„Ganz einfach, du kommst zu mir. Ich würde mich freuen. Sie wird schon ankommen, wenn sie Geld zum Leben benötigt. Und dann stehst du am längeren Hebel. Du wirst es sehen." „Ganz unrecht hat sie nicht", dachte Klaus, „und stellte Überlegungen an, was er wohl bis zum endgültigen Auszug mitnehmen soll."

„Nimm deine persönlichen Sachen, mehr benötigst du nicht. Ich habe doch einen kompletten Haushalt."

Noch am gleichen Abend richtete Klaus sich seine persönlichen Sachen und schaffte sie fort. Zweimal musste er fahren.

„Gib mir deine Schlüssel", waren Petras letzte Worte, „den Rest werden unsere Anwälte klären." Man merkte es ihr an, es war ein Stoß ins Herz!

Am anderen Morgen, nachdem Petra mit ihrer Freundin am Telefon gesprochen hatte, setzte sie sich in ihren Wagen und fuhr zu ihr. Sie wurde schon erwartet:

„Komm rein und setz dich", sagte Karin, lass uns überlegen, welche Probleme auf dich zukommen können. Wenn er bei ihr lebt, wird mit Sicherheit der Unterhalt ausbleiben, davon musst du ausgehen."

„Daran habe ich auch schon gedacht. Ich muss also versuchen, mir so schnell wie möglich eine Arbeit zu verschaffen. Mein erster Weg wird zu meiner alten Firma sein. Heute hat zwar der Sohn das Heft in der Hand. Ich weiß jedoch von Kolleginnen, die heute noch in dieser Firma arbeiten, dass man immer noch positiv von mir spricht. Ihn aufzusuchen wird auf keinen Fall ein Fehler sein."

„Das glaube ich dir, ein Versuch ist es in jedem Falle wert."

Wieder zu Hause angekommen, es war schon eigenartig, nun empfand sie in ihrem Hause eine andere Leere, es war alles so tot.

„Daran werde ich mich wohl gewöhnen müssen", ging es durch ihren Kopf.

Sie nahm das Telefon, rief kurzentschlossen ihre alte Firma an und ließ sich mit dem Chef verbinden:

„Guten Morgen Herr Dr. Wolkenstein, Herrmann am Apparat oder früher Petra Heinze. Vielleicht können Sie sich noch an Ihre Studienzeit erinnern? In den Semesterferien haben Sie oft in meiner Abteilung gearbeitet."

„Daran kann ich mich noch sehr gut erinnern. Mein Vater hat immer gesagt: Geh zu Frau Heinze, die bringt dir bei, wie bei uns gearbeitet wird. Nun aber zu Ihnen Frau Herrmann, was haben Sie auf dem Herzen, und wie kann ich Ihnen helfen?"

„Es ist gar nicht so einfach, Ihnen mein Problem zu schildern."

„Nur keine Scheu, schießen Sie los, ich höre."

„Als ich vor achtzehn Jahren heiratete, war ich danach noch einige Jahre in Ihrem Unternehmen beschäftigt. Dass ich gerne hier gearbeitet habe, wird Ihnen auch Ihr Herr Vater bestätigen. Nach drei Ehejahren verlangte mein Mann von mir, dass ich meinen Job aufgebe, schließlich verdiene er genug, um unsere Familie zu ernähren. Ich hatte damals alles mit Ihrem Herrn Vater besprochen. Er war der Meinung, wenn der Job meinem Glück im Wege steht, könnte er es verstehen. Sagte mir aber gleichzeitig, Sie können jedoch jederzeit wiederkommen."

„Frau Herrmann kürzen wir es ab, Sie suchen einen Job?"

„Ja, mein Mann hat mich verlassen und wohnt jetzt bei seiner Sekretärin."

„Dass sich aber auch bei uns in der Zwischenzeit einiges verändert hat, werden Sie auch mitbekommen haben. Heute läuft alles über die EDV."

„Das ist mir bekannt. Auch ich habe mich in den vergangenen Jahren nicht ausgeruht. Die EDV beherrsche ich. Was aber nicht heißen soll, ich könnte meinen Job, ohne mich einzuarbeiten, verrichten."

„Im Grunde sind unsere Abläufe gleichgeblieben, nur mit einem Unterschied, was früher manuell gemacht wurde, erledigen wir heute mit der EDV. Sie spart uns Zeit und Geld."

„Herr Doktor Sie werden sehen, dass ich mich schnell wieder in mein neues Aufgabengebiet einarbeiten werde."

„Frau Herrmann kommen Sie doch vorbei, wie wäre es mit Mittwoch 17:00 Uhr, dann habe ich auch die Zeit für Sie."

„Okay, ich komme und freue mich schon."

Unmittelbar nach diesem Gespräch setzte sich Petra mit ihrer Freundin in Verbindung. Das soeben gehörte musste sie doch weitergeben:

„Hallo Karin, Petra hier, du stell dir vor, ich habe soeben mit dem Chef meiner früheren Firma gesprochen. Er hat mich zu einem Gespräch eingeladen. Am Mittwoch 17:00 Uhr soll ich zu ihm kommen, dann hätte er auch Zeit für mich. Ich bin schon ganz aufgeregt."

„Das glaube ich dir. Wenn es klappt und du einen Job bekommen könntest, es wäre die Ideallösung. Du hast das Haus, Miete brauchst du nicht bezahlen. Für deinen Unterhalt wird es immer reichen."

Es kam der besagte Mittwoch, Petra machte sich chic und fuhr zu ihrer früheren Firma. Vor dem Betriebsgelände standen nur noch ganz wenige Fahrzeuge. Viele Mitarbeiterinnen und Mitarbeiter hatten wohl schon Feierabend. Petra stellte ihren Wagen ab und begab sich zum Haupteingang. Lediglich die Dame am Empfang saß noch in ihrem Büro.

„Ich möchte gerne zu Herrn Dr. Wolkenstein", sagte Petra, „ich habe um 17:00 Uhr einen Termin."

„Möchten Sie zum Senior oder zum Junior?", fragte die Dame.

„Gesprochen habe ich mit Herrn Dr. Wolkenstein jr.", mehr kann ich Ihnen nicht sagen.

„Ich melde Sie an, setzen Sie sich doch bitte einen Augenblick ins Besprechungszimmer, ich begleite Sie dann hinauf."

„Danke das ist sehr freundlich", sagte Petra und setzte sich. Es dauerte gut zehn Minuten, die Empfangsdame erschien: „Frau Herrmann wollen Sie mir bitte folgen, der Chef lässt bitten."

„Aber ja", antwortete Petra und folgte der Empfangsdame. Sie klopfe an die Tür und deutlich war zu hören:

„Ja bitte", die Empfangsdame öffnete die Tür und sagte: „Herr Doktor, hier ist Frau Herrmann."

Petra betrat das Büro und staunte nicht schlecht, es kam ihr der Senior Chef entgegen:

„Hallo Frau Herrmann, es freut mich, Sie wieder zu sehen. Wie geht es Ihnen? Aber zuerst nehmen Sie bitte Platz. Mein Sohn kommt auch gleich, er ist noch im Betrieb."

Petra folgte dieser Aufforderung und setzte sich.

„Wie alt mag der Senior jetzt sein", ging es durch ihren Kopf, „seine siebzig hat er doch bestimmt überschritten." Dann der Senior Chef:

„Frau Herrmann erzählen Sie mir: Wie geht es Ihnen gesundheitlich? Ihrem Aussehen nach zu urteilen, erhoffe ich doch gut. Von Ihrem Schicksalsschlag hat mir mein Sohn erzählt. Ich kann mich noch sehr gut daran erinnern, wie Sie damals zu mir kamen und fragten: Was soll ich machen? Sie sehen, es ist nicht leicht, den richtigen Weg zu finden. Oftmals muss man es ausprobieren."

Die Tür öffnete sich und der Junior Chef kam herein.

„Frau Herrmann ich begrüße Sie. Entschuldigen Sie bitte, dass Sie warten mussten. Ich bin jedoch überzeugt, Sie haben sich in der Zwischenzeit mit meinem Vater gut unterhalten. Aber kommen wir doch gleich zur Sache.

Sie suchen jetzt einen Job. Ihre frühere Abteilung konnten wir auch in der Zwischenzeit mit einer guten Kraft besetzen."

„Herr Doktor, das habe ich auch nicht erwartet. Ich wäre überglücklich, wenn Sie überhaupt etwas für mich hätten." „Frau Herrmann", sagte der Senior, „nun wollen wir Sie auch nicht länger auf die Folter spannen. Kurzum, ja, wir suchen eine gute Kraft!"

„Darf ich denn fragen, wo Sie mich einsetzen wollen?", kam es leise aus ihrem Munde.

„Ja das dürfen Sie", der Senior strahlte, „Sie kommen wie gerufen."

Nun war Petra vollends durcheinander und die Worte blieben ihr im Halse stecken.

„Unsere sehr geschätzte Frau Pütz, die wir nach langem Suchen dann doch als Ihre Nachfolgerin gefunden haben, geht in sechs Wochen in den Babyurlaub.

Das heißt, wenn Sie sofort anfangen könnten, hätten Sie diese Zeit um sich wieder einzuarbeiten."

Petra strahlte über ihr ganzes Gesicht. Mit allem hatte sie gerechnet, aber nicht damit.

„Aber selbstverständlich", sprudelte es aus ihr heraus, „morgen früh stehe ich Gewehr bei Fuß und lachte."

„Frau Herrmann, über eines haben wir aber noch nicht gesprochen. Was wollen Sie verdienen, oder anders ausgedrückt, was haben Sie für Gehaltsvorstellungen? Auf eine Probezeit verzichten wir selbstverständlich."

„Nun meine Herren, seit meinem Ausscheiden sind inzwischen fünfzehn Jahre vergangen. Ich bin hinsichtlich einer Entlohnung nicht auf dem heutigen Stand. Ich hoffe, Sie werden es verstehen. Nehmen Sie doch mein damaliges Gehalt als Bemessungsgrenze und machen Sie mir, bezogen auf die heutige Zeit einen Vorschlag."

„Wie wir aus unseren Unterlagen ersehen konnten, hatten Sie zu jener Zeit als Abteilungsleiterin ein Gehalt von DM 3.800,00. Wir bieten Ihnen für die ersten zwei Monate, also für die Einarbeitungszeit Euro 2.500,00 und danach Euro 3.000,00. Dann haben wir immer noch Luft nach oben. Sind Sie damit einverstanden?"

Mit so einem Angebot hatte Petra nicht gerechnet. Sie sagte nur noch:

„Ja, dem stimme ich zu."

„Okay", sagte der Junior Chef, „dann werden wir den Vertrag so fixieren. Unterschreiben können Sie ihn morgen. Für heute dürfen wir uns jetzt verabschieden. Frau Herrmann, dann auf eine weitere gute Zusammenarbeit und danke für Ihren Besuch."

Vor Freude strahlend verlies Petra das Betriebsgelände.

Kapitel -6-

Es waren einige Wochen vergangen. Herbert war gerade dabei, seinen Schreibtisch aufzuräumen, als ihm dieser Reiseprospekt wieder in die Hände fiel.

„Ach schau her, an den habe ich schon gar nicht mehr gedacht." Nun sah er sich dieses Angebot einmal genauer an. Ist schon interessant, Städte wie Kopenhagen, Danzig, Riga, Tallinn, St. Petersburg, Turko, Stockholm und Oslo zu sehen, ja das ist schon eine Reise wert. Und der Preis stimmt auch, eine solche Kreuzfahrt habe ich mir schon immer gewünscht."

Herbert nahm das Telefon und setzte sich mit dem Anbieter in Verbindung. Es dauerte nur wenige Tage und das komplette Angebot lag auf seinem Tisch.

In einem danach folgenden Telefongespräch erklärte er der Mitarbeiterin des Reisebüros, zu welcher Reise er sich entschieden habe.

„Sie buchen also die große Ostsee-Kreuzfahrt vom 28.08. bis zum 11.09."

„Ja", antwortete Herbert, „das wäre mein Wunsch."

„Hier könnte ich Ihnen noch Deck 7 anbieten und dort auf der Steuerbordseite die Kabine 7203, diese Kabine hat auch einen Balkon. Wäre das etwas für Sie?"

„Ja, diese Kabine nehme ich."

„Okay, eine Bestätigung erhalten Sie umgehend."

„Jetzt muss ich nur noch die Termine meiner Lesungen, mit denen der Reise abstimmen".

Der nächste Morgen kam. Nach dem Frühstück fuhr Herbert zu seiner Bank.
„Zuerst überweise ich für meine Schiffsreise die geforderte Anzahlung", so hatte er geplant, „und dann schaue ich, ob mein Konto wieder ein Stück gewachsen ist." Er lächelte, als er die Bank betrat. Des Vormittags ist in der Bank immer ein reges Treiben, auch Herbert musste einige Minuten warten.
„Naja", dachte er, „dann hole ich mir vom Automaten schon mal meine Auszüge."
„Hallo und guten Morgen Herr Kleinschmitt", wurde er von seiner Nachbarin angesprochen, „ich war heute schon in der Buchhandlung und habe mir etwas Lektüre holen wollen. Ich fand den Roman >Und es entstehen blühende Gärten>, ist der wirklich von Ihnen?"
„Ja, den Roman habe ich geschrieben."
„Wären Sie so nett und würden Sie mir dieses Buch signieren?"
„Aber ja, gerne." Herbert war stolz und holte sofort seinen Kugelschreiber aus der Tasche.
„Was darf ich denn schreiben?", fragte er.
„Schreiben Sie: für meine Nachbarin Erika."
Wie gewünscht, signierte Herbert ihr seinen Roman.

„Haben Sie recht vielen Dank", sagte sie und verabschiedete sich.

„Nun wird es aber Zeit, dass ich meine Geschäfte erledige", ermahnte ihn seine innere Stimme. Er stand bereits vor dem Automaten zur Entnahme von Kontoauszügen und führte seine Bankkarte ein. Beim Begutachten der Auszüge war zu erkennen, nur seine Rente war ihm gutgeschrieben.

„Dass ich auch daran nicht gedacht habe", ging es durch seinen Kopf, „der Verlag überweist ja nur am Ende eines Quartals. Egal, jetzt besuche ich auch einmal diese Buchhandlung, ein Fehler kann es doch nicht sein." Herbert suchte also diese Buchhandlung auf, schaute sich um und sah einige Exemplare seines Buches in der Auslage. Mit einer spürbaren Zufriedenheit verließ er sie und trat wieder seine Heimreise an.

Kapitel -7-

„So, jetzt aber schnell nach Hause und Karin anrufen: „Hallo Karin! Petra hier, ich komme soeben von meiner alten Firma. Gesprochen habe ich sogar mit dem Junior und dem Senior."

„Lass mich doch nicht dumm sterben, was hast du erreicht?", unterbrach sie Petras Anruf.

„Ja, es war ein voller Erfolg, ich soll meine alte Position als Abteilungsleiterin wieder bekleiden. Dazu muss ich dir aber mehr erzählen. Komm heute noch zu mir, das müssen wir mit einem guten Tropfen in uns aufnehmen."

Karin sagte nur noch:

„Ja, ich komme sofort, stell schon mal den Sekt kalt."

Sie setzte sich sofort ins Auto und machte sich auf den Weg. Es dauerte keine halbe Stunde und sie stand vor ihrem Haus. Petra hat das Auto gehört:

„Komm rein", Petra strahlte über das ganze Gesicht. Die beiden Frauen umarmten sich, und Laute der Freude waren zu hören.

„Das begießen wir heute", sprudelte es heraus.

„Schieß los, erzähl, ich höre", Karin war gespannt wie ein Flitzebogen.

„Zuerst musste ich ein paar Minuten warten, doch dann kam die Kollegin vom Empfang und brachte mich zum Chef. Ich traute meinen Augen nicht, empfangen wurde ich vom Senior, der mich auf das Herzlichste begrüßte: „Frau

Herrmann, ich freue mich Sie zu sehen. Seien Sie herzlichst willkommen.   Einen kleinen Augenblick, mein Sohn kommt auch sofort, er ist noch im Betrieb." „

Wie geht es Ihnen gesundheitlich", fragte er mich. „dem Aussehen nach, wohl gut".

Es dauerte tatsächlich nur ein paar Minuten und der Junior kam hinzu. Zuvor erwähnte noch der Senior, dass er von meinem Schicksalsschlag durch seinen Sohn Kenntnis erhalten habe. Es täte ihm sehr leid.

Die beiden Männer schauten sich an, dann sagte der Senior: „Frau Herrmann, wir wollen Sie nicht länger auf die Folter spannen. Ja, wir suchen eine gute Kraft. Sie kommen uns wie gerufen." Als ich dann fragte, welche Arbeit ich verrichten soll und der Chef mir antwortete, ich soll wieder meine alte Stellung bekleiden, war ich total durcheinander."

„Sag mir, was willst du noch mehr. Besser konnte es das Schicksal doch nicht mit dir meinen", kam es erleichternd aus dem Munde von Karin.

Petra holte zwei Sektgläser, stellte sie auf den Tisch und sagte:

„Wenn einem also Gutes widerfährt", sie nahm ihr Glas und prostete ihrer Freundin zu.

„Schau", ergänzte Karin, „jetzt können wir zwei auch wieder Pläne schmieden. Zum Beispiel eine schöne Urlaubsreise. Oder was noch schöner wäre, eine Kreuzfahrt. Ich kenne ein Ehepaar, die so eine Kreuzfahrt schon gemacht haben. Sie schwärmen heute noch davon.

Die Frau sagte mir, wenn man die gewünschte Kabine haben will, muss man rechtzeitig buchen. Und das sind in der Regel schon einige Monate im Voraus."

„Ein solcher Prospekt ist mir gestern ins Haus geflattert", sagte Petra, „ich meine diese Postwurfsendungen. Warte mal, ich glaube, der liegt noch in meinem Papierkorb. Ich hole ihn."

Petra holte diesen Prospekt und beide fingen an, sich Seite für Seite anzusehen.

„Mir gefällt hier die große Ostsee-Kreuzfahrt. Wäre das nicht etwas für uns?", fragte Karin.

„Vom 28.08. bis 11.09. ab Bremerhaven nach Kopenhagen, Danzig, Riga, Tallinn, St. Petersburg, Turko, Stockholm und Oslo. Das ist doch eine Reise wert. Diese Kreuzfahrt wäre doch eine Entschädigung für die erhaltenen Demütigungen und die Scheidung hast du auch noch vor dir."

„Du hast ja recht, aber lass uns bitte den zweiten Schritt nicht vor dem Ersten machen. Zuerst muss ich meinen Job antreten und mich dort wieder einarbeiten. Danach können wir andere Dinge in Angriff nehmen."

Gegen 20:00 Uhr verließ Karin wieder das Haus. Getrunken hatten sie tatsächlich nur ein Glas Sekt. So langsam beruhigte sich auch Petra wieder. Innerlich war sie doch sehr aufgewühlt.

„Zuerst werde ich mir alles für morgen zurechtlegen. Und damit ich ausgeschlafen habe, gehe ich auch früh ins Bett."
Ihr Vorhaben ließ sie noch einmal an sich Revuepassieren. Sie wollte doch nichts vergessen.
Der nächste Morgen kam, Petra hatte eine unruhige Nacht. Die Erlebnisse des Vortages hatten ihre Wirkung.
„Jetzt erst einmal zum Frühstück eine gute Tasse Kaffee und dann sehen wir weiter."
Nach dem Frühstück, die Zeit verging wie im Fluge. Petra richtete sich und trug ihr Make-up auf. Dann endlich war es so weit. Sie kontrolliert noch einmal alle Elektrogeräte, ob diese auch ausgeschaltet sind.
„So", dachte sie, „und jetzt ab in einen neuen Lebensabschnitt!"
Sie setzte sich in ihren Wagen und fuhr zu ihrer Firma. „Einen Parkplatz werde ich schon finden", dachte sie, „der alte Parkplatz ist bestimmt besetzt."
In der Regel kam der Chef so gegen 10:00 Uhr. Der heutige Tag aber war eine Ausnahme. Beim Betreten des Hauses wurde sie gleich von ihrer, nun Kollegin, in Empfang genommen:
„Frau Herrmann, Sie möchten bitte zuerst zum Chef kommen. Er ist in seinem Büro."
„Ja, ich gehe zu ihm."
Sie klopfte an seine Bürotür und ein „Ja bitte", war zu hören.
„Guten Morgen Herr Doktor Wolkenstein, hier bin ich wieder."

„Guten Morgen Frau Herrmann, bitte, treten Sie ein. Ich halte es für angebracht, wenn ich Sie mit Frau Pütz und mit den Kolleginnen bekannt mache. Kommen Sie, wir gehen gleich in Ihre alte Abteilung."

Mit einem „Guten Morgen", betraten sie den Raum. Petra schaute sich um.

„Donnerwetter!", war ihre erste Wahrnehmung, „hier hat sich aber einiges verändert."

Auf dem direkten Wege ging nun der Chef mit ihr zu Frau Pütz.

„Guten Morgen Frau Pütz, vor allem aber, wie geht es Ihnen?"

„Herr Doktor, ich bin nicht krank, ich bekomme doch nur ein Baby, auf das ich mich mit meinem Mann schon sehr freue. Um aber Ihre Frage zu beantworten, ja, mir geht es gut."

„Das freut mich, zu hören. Frau Pütz, hier möchte ich Ihnen nun Ihre Nachfolgerin und auch Vorgängerin, Frau Petra Herrmann vorstellen."

Dann wandte er sich der Petra zu:

„Frau Herrmann, für die nächsten sechs Wochen ist Frau Elke Pütz Ihre Kollegin und zur Einarbeitung auch Ihre Hilfe." Beide Frauen gaben sich die Hand:

„Na dann auf eine gute Zusammenarbeit!"

Zu den Frauen in dieser Abteilung: „Meine Damen, Frau Herrmann übernimmt nach dem Ausscheiden der Frau

Pütz, diese Abteilung. Frau Kleine, Sie kennen ja Frau Herrmann noch aus früheren Zeiten. Ich wünsche Ihnen allen einen erfolgreichen Arbeitstag."

Der Junior Chef verließ wieder diese Abteilung. Nun standen sich die beiden Frauen gegenüber:

„Ich bin die Ältere, wenn es dir recht ist, ich heiße Petra."

„Okay, ich bin die Elke."

„Hast du eine Vorstellung, wie du mich in diese, für mich doch wieder neue Materie, einführen willst?", war ihre erste Frage.

„Ja Petra, das habe ich. Wie mir der Chef gesagt hat, ist dir der Computer nicht fremd. Ich schlage daher vor, du beschäftigst dich zunächst einmal mit unserem Programm. Dass jede Firma ein auf sich zugeschnittenes Programm hat, ist dir wahrscheinlich bekannt. Arbeitsabläufe, wie du sie noch kennst, sind geblieben. Ich erkläre dir jetzt unser Programm. Versuche dann, Arbeitsabläufe, wie du sie noch in Erinnerung hast, in diesem Programm wiederzufinden. Morgen gehen wir einen Schritt weiter. Und wenn du Fragen hast, ich stehe dir jederzeit zur Verfügung."

Der erste Arbeitstag verging sehr schnell. Auf ihrem Heimweg ging ihr so manches durch den Kopf. Ja, es kamen wieder Erinnerungen hoch.

„Das schaffe ich", war ihre Überzeugung. Zu Hause angekommen wollte sie direkt in die Garage fahren, doch der Platz war besetzt. Klaus saß im Wagen und wartete auf sie.

„Wo kommst du denn jetzt her?", war seine Frage, noch bevor er grüßte.

„Wo soll ich schon herkommen? Ich arbeite!"

„Sag bloß, wieder bei deiner alten Firma?"

„Wenn du nichts dagegen hast, ja! Ich bin also unabhängig von dir. So, und jetzt sag mir, was der Grund deines Erscheinens ist. Ich habe wenig Zeit."

„Ich habe noch ein paar Hemden hier, die hätte ich gerne."

„Warte, ich hole sie dir!" Petra war sehr schroff.

„Hier nimm, die sind noch schmutzig, kannst ja bei ihr waschen lassen. Nur zu deiner Information, die Scheidung läuft! Mein Anwalt, Dr. Essel wird es dir mitteilen."

Klaus sagte nur noch „Danke" und fuhr davon.

Petra hingegen setzte sich ins Wohnzimmer und ließ die Beine baumeln. Nach gut einer Stunde nahm sie das Telefon und setzte sich mit Karin in Verbindung.

Kapitel -8-

Klaus, der inzwischen sein Neues zu Hause erreicht hatte, stellte seinen Wagen ab und nahm die ihm mitgegebenen fünf schmutzigen Hemden mit nach oben.

„Warum hat das denn so lange gedauert?", wollte nun Helga wissen. Die Antwort kam prompt:

„Stell dir vor, sie arbeitet schon wieder, und zwar bei ihrer alten Firma. Ich musste also warten, bis sie von der Arbeit kam. Richtig schroff hat sie mich abgefertigt. Die Hemden hat sie aus dem Haus geholt und mir mit den Worten, hier nimm, sie kann sie dir ja waschen, übergeben. Ach ja, sie sagte noch, die Scheidung läuft schon und von mir sei sie nicht mehr abhängig".

„Das ist doch keine schlechte Nachricht. Umso mehr haben wir für uns. Die Hemden wasche ich und alles ist gegessen."

„Ich halte es jetzt für angebracht, dass sich mein Anwalt, mit ihrem in Verbindung setzt. Kosten könnten wir dann auch sparen. Das Haus gehört ihr, dafür haben ihre Eltern gesorgt. Die Rentenanteile regelt das Gesetz. Für den Rest unseres Haushalts wird sie mir keinen Cent zahlen. Sie sagt höchstens, hol dir deinen Teil. Und ich stehe denn da und weiß nicht wohin damit."

„Klaus, das lassen wir uns durch den Kopf gehen, wenn es so weit ist."

„Schatz hast du während meiner Abwesenheit mal in den Briefkasten geschaut?"

„Nein, habe ich nicht. Geh du doch bitte hinunter."

„Okay, ich gehe."

Mit einigen Briefen in der Hand kam Klaus wieder zurück. Bis auf einen Brief, alles andere war Werbung.

„Dr. Schober hat geschrieben."

„Und, was schreibt er dir?"

„Ich soll ihn anrufen und ihm mitteilen, ob ich mit einem Versöhnungstermin einverstanden wäre. Das werde ich auch gleich morgen früh tun, und ihm sagen, dass ich einen solchen Termin nicht wünsche. Er soll sich mit ihrem Anwalt, es ist Dr. Essel, in Verbindung setzen. Dann geht die ganze Scheidung wohl reibungsloser über die Bühne."

Kapitel -9-

„Hallo Karin, Petra hier! Meinen ersten Tag habe ich hinter mir. Dass mir der Kopf raucht, kannst du dir vorstellen."
„Aber Hallo, und ob ich mir das vorstellen kann! Wir sind zwar nicht mehr die Jüngsten, jedoch genauso leistungsfähig wie die Jungen. Es könnte schon sein, dass du wegen deiner Heirat und die dadurch fehlenden Berufsjahre etwas mehr Zeit benötigst, um dich einzuarbeiten. Immerhin hat sich durch die EDV einiges verändert."
„Du magst ja recht haben, deshalb bin ich auch davon überzeugt, dass ich es schaffen werde!"
„Meine Beste, daran habe ich auch nicht gezweifelt."

„Karin stelle dir vor, als ich heute nach Hause kam, stand Klaus mit seinem Wagen vor meiner Garage. Ich bin aus meinem Wagen ausgestiegen und er fragte gleich, ohne auch nur zu grüßen, „Wo kommst du denn jetzt her? Ich warte hier." Es kostete mich nur ein Lächeln und ich sagte ihm, kurz und knapp: „Von der Arbeit."
„Sag bloß, du arbeitest wieder bei deiner alten Firma?" Ich sagte nur „Ja", und dann weiter, „was willst du hier?"
„Ich habe doch hier noch ein paar Hemden, die hätte ich gerne."

„Warte einen Moment", sagte ich ihm, „ich hole sie dir", und ließ ihn draußen vor der Tür stehen. So wie die Hemden bei der Schmutzwäsche lagen, gab ich sie ihm mit der Bemerkung: „Hier nimm sie, die Hemden sind noch schmutzig, sie kann sie dir ja waschen. Er sagte nur noch „Danke" und fuhr davon."

„Petra, das hast du gut gemacht!"

Wieder war eine Woche vergangen. Der Wecker läutete, es war 7:00 Uhr.

„Mal schauen, was heute auf mich zukommt?", waren ihre Gedanken. Sie richtete sich das Frühstück und genoss ihren Kaffee.

„So, jetzt musst du nur noch dein Make-Up auftragen und dann ab ins Auto."

„Hallo und guten Morgen", mit diesen Worten begrüßte sie ihre Kolleginnen.

Ein „Guten Morgen", kam zurück.

„Elke, und womit willst du mich heute quälen?", ein Lächeln ging ihr über die Lippen.

„Heute schauen wir mal zuerst nach, wie viele Aufträge eingegangen sind. Diese sortieren wir nach Postleitzahlen und überprüfen sie, dann geben wir sie an die Kolleginnen zur Bearbeitung weiter."

Es war wie früher, immer der gleiche Rhythmus. Alles war Petra inzwischen in Fleisch und Blut übergegangen.

„Sag mal Elke, wie lange bist du denn schon verheiratet?"

„Es werden am 6ten Dezember drei Jahre. Und wie lange warst du verheiratet?"

„Ich hatte in diesem Jahr den 18ten Hochzeitstag. Kinder hätte ich auch gerne gehabt. Aber Klaus, mein Mann, dachte nur an das schöne Leben und wollte auf niemanden Rücksicht nehmen."

„Petra, Kinder zu haben, ist doch was Schönes."

„Ja meine Liebe, Wünsche kann man viele haben, aber ob diese in Erfüllung gehen, steht auf einem anderen Blatt. In meiner Jugend, ich war gerade mal achtzehn Jahre alt und hatte mich in einen jungen Mann bis über beide Ohren verliebt. Er war sieben Jahre älter als ich. Auch er war in mich verliebt. Kennengelernt hatten wir uns, als ich fünfzehn Jahre alt wurde. In all den folgenden Jahren behandelte er mich immer, als sei ich seine Schwester. Ob es bei der Jugend heute noch so ist, vermag ich nicht zu sagen."

„Und warum habt ihr nicht geheiratet?"

„Das ist eine gute Frage. Den Grund stellten meine Eltern dar. Es war die Nachkriegszeit und wir bekamen die Deutsche Mark. Die Familien strebten nach einem besseren Leben. Es dauerte auch nicht lange und jeder wollte mehr Sein, oder mehr haben, als sein Nachbar. Wir hätten gerne geheiratet. Ich jedoch war erst achtzehn Jahre und benötigte noch die Zustimmung der Eltern. Volljährig war man zu jener Zeit aber erst mit einundzwanzig Jahren. Meine Eltern wollten, dass ich einmal einen bessergestellten Partner heirate. Mein geliebter Herbert war aber Bergmann von Beruf und entsprach so nicht dem Standesdünkel der Eltern. Dass sie uns auseinandergebracht haben, verzeihe ich ihnen bis zum heutigen Tage nicht."

„Was ist denn aus ihm geworden?"

„Das kann ich dir leider nicht sagen. Wenn er noch lebt, müsste er kurz vor seiner Rente sein."

„Petra, wenn es mir so ergangen wäre, ich wäre mit ihm durchgebrannt.

„Elke, mein Mädchen, ich glaube, wir haben jetzt genug geplaudert und sollten wieder etwas tun. Sonst schaffen wir unsere Arbeit nicht."

Die Wochen der Einarbeitung vergingen wie im Fluge. Es war schon so, wie der Chef gesagt hatte:

„Im Grunde sind die Abläufe gleichgeblieben."

Petra hatte sich schnell eingearbeitet und war wieder die Alte. An einem Freitag. Gut gelaunt betrat Elke den Raum: „Also meine lieben Kolleginnen. Heute habe ich vor meiner Baby-Zeit meinen letzten Arbeitstag. Zum Abschied habe ich euch noch einen guten Tropfen und ein paar Schnittchen mitgebracht. Lasst es euch gut schmecken. Ich wünsche einen Guten Appetit!" „Wir sagen Danke und wünschen dir liebe Elke alles Gute. Übrigens, was wird es denn?", fragte Petra. „Mein Mann und ich, wir lassen uns überraschen."

Von der Arbeit nach Hause gekommen, leerte Petra zuerst ihren Briefkasten. Neben der vielen Werbung lag auch ein Brief ihres Anwalts. Sie öffnete ihn und las, dass die Ehe geschieden sei. Die offizielle Urkunde werde ihr noch zugesandt.

„Gott sei Dank", dachte sie, „das habe ich nun auch geschafft."

Es nahte die Weihnachtszeit.

Zum 1. Advent, Petra hatte sich einen Adventskranz gekauft und zündete sich nun die erste Kerze an.

„Es gibt einem doch eine vorweihnachtliche Stimmung", dachte sie. In diesem Augenblick läutete das Telefon:

„Ja bitte", sie meldete sich nur noch so. Am anderen Ende war Karin:

„Hallo Petra, Karin hier! Ich wünsche dir eine besinnliche, schöne Adventszeit und alles Gute."

„Danke Karin, das wünsche ich dir auch. Sag mal, ich habe gestern durch Zufall wieder den Reiseprospekt in den Händen gehalten. Jetzt, da wieder die Normalität eingekehrt ist, könnten wir doch noch einmal über diese Schiffsreise sprechen, oder? Was meinst du?"

„Kannst du Gedanken lesen? Ich habe auch schon daran gedacht. Was machst du am Heiligabend? Den Abend könnten wir doch bei einem guten Tropfen gemeinsam verbringen. Petra, wenn es dir recht ist, lade ich dich ein. Dann bringe aber bitte diesen Prospekt mit.

Schlafen kannst du bei mir, und wenn du möchtest, können wir auch am 1. Weihnachtstag etwas Unternehmen."

„Eine gute Idee, ich komme gerne. Karin hast du immer solche Ideen? Ich freue mich schon!"

„Na, wir werden uns doch mit Sicherheit vorher noch einige Male sehen, oder mindestens miteinander telefonieren. Dann tschüss meine Deern, bis zum nächsten Mal. "

Karin, als selbstständige Steuerberaterin war sie sehr erfolgreich. Auch eine Steuergehilfin hatte sie beschäftigt.

„Ich will mir mein Leben so angenehm wie möglich gestalten", das war ihre Lebensphilosophie. Aufgeschlossen und zu jeder Schandtat bereit, so kannte man sie in ihrem privaten Umfeld. Sie war blond, schlank und 1,70 Meter groß. Egal wohin sie ging, sie war überall gerne gesehen. Mit einem Wort, in ihrer Art war sie die Freundin, mit der man Pferde stehlen konnte.

Am Tag vor Heiligabend, Petra hatte noch ein paar Kleinigkeiten, die sie einkaufen wollte.

„Was brauche ich denn noch alles? Ihren Kühlschrank mit seinem Inhalt, hatte sie vor Augen.

„Eigentlich benötige ich nur noch ein bisschen Aufschnitt und etwas Käse. Ach ja, eine gute Flasche Sekt möchte ich doch auch noch mitnehmen."

Sie legte die besagten Artikel in ihren Einkaufswagen und begab sich damit zu den Kassen. Wohin sie auch schaute, an allen Kassen stand eine endlose Schlange. "Naja, da bleibt mir ja nichts anderes übrig, als zu warten", sie war in sich gekehrt. Genau genommen, sie dachte an nichts. Doch dann eine Stimme aus dem Hinterhalt:

„Willst du auch noch die letzten Einkäufe tätigen?"

Es war Karin. Petra drehte sich um und sah, wer hinter ihr stand.

„Hallo Karin! Ja, ein paar Teile benötige ich noch."

„Du hast aber deinen Wagen auch ganz schön beladen."

„Na klar, ich bekomme morgen lieben Besuch und der soll bei mir nicht verhungern. Wie ich aber sehe, hast du eine Flasche Sekt gekauft. Die halte bitte fest. Trinken werden wir diese zu Silvester, und zwar bei dir. Ich lade mich heute schon ein, wenn es dir recht ist?"

„Natürlich, komm du nur, wir zwei veranstalten dann einen Budenzauber", beiden Frauen ging ein Lächeln übers Gesicht. Ein paar Minuten dauerte es schon, bis auch sie ihre Artikel auf das Band legen konnten. Doch dann ging es schnell. Sie bezahlten und brachten ihre Waren zum Auto. Mit einem Tschüss verabschiedeten sie sich und begaben sich auf den Heimweg.

„Mit leeren Händen gehe ich nicht zu ihr", dachte Petra, „eine kleine Aufmerksamkeit sollte es schon sein." Kurzum, sie setzte sich noch einmal in ihren Wagen und fuhr in die Stadt zu ihrer Stammparfümerie. Das Eau de Toilette ihrer Freundin kannte sie ja. „Frau Herrmann, was kann ich für Sie tun? Einmal wie immer?", so wurde sie begrüßt.

„Nein, heute habe ich einen anderen Wunsch. Es ist eine besondere Duftnote. Geben Sie mir einmal „SUN MOON STARS", die mittlere Größe und packen Sie es mir bitte als Geschenk ein."

„Aber selbstverständlich, das machen wir doch immer so." Petra bezahlte.

„So, jetzt noch einmal Ferrero, dann habe ich alles."

Am Heiligabend, gegen 16:30 Uhr setzte sich Petra in ihren Wagen und fuhr zur Karin, sie läutete und Karin öffnete die Tür: „Hallo meine Liebste, komm rein, ich wünsche dir frohe und gesegnete Weihnachten."

„Danke Karin, das wünsche ich dir auch von ganzem Herzen."

Zum Abend hatte Karin Kartoffelsalat mit Würstchen vorbereitet. Nach dem Abendessen packte Petra ihre Geschenke aus. „Meine Liebe, ich hoffe, dir mit dieser Kleinigkeit eine Freude zu bereiten." Karin nahm das Geschenk entgegen.

„Ich habe auch etwas für dich", sie ging zum Schrank und holte ebenfalls ein kleines Päckchen: „Bitte, ich hoffe auch, es gefällt dir."

Sie öffneten die Verpackungen und siehe da, beide bekamen ihre Duftnote. CHANEL N°5 für Petra und SUN MOON STARS für Karin.

„Komm, jetzt zeig mir den Prospekt, ich brenne darauf."

„Also, in diesem Prospekt wird die große Ostsee-Kreuzfahrt vom 28.08. bis 11.09 angeboten. Die Reise geht ab Bremerhaven, Kopenhagen, Visby, Stockholm, Turko, St. Petersburg, Tallinn, Riga, Danzig, Oslo und wieder Bremerhaven. Ja, ich habe mich auch inzwischen schlaugemacht und mir den Katalog schicken lassen. Es ist eine Reise mit der ARTANIA, ein stolzes Schiff, für 1200 Passagiere. Es hat also nicht diese Übergröße." „Dem stimme ich zu, diese Kreuzfahrt buchen wir. Wenn du nichts dagegen hast, erledige ich es gleich nach Weihnachten."

Kapitel -10-

Wie zugesagt setzte sich Karin von ihrem Büro aus mit dem Anbieter in Verbindung.

„Guten Morgen, mein Name ist Stolte. Ich möchte eine Kreuzfahrt buchen."

„An was für eine haben Sie denn gedacht?", fragte die Frau im Reisebüro.

„Im vorigen Jahr, ich glaube es war im November, hatten wir, meine Freundin und ich, Ihren Prospekt im Briefkasten. Gleich auf der ersten Seite stach uns die große Ostsee-Kreuzfahrt ins Auge."

„Wie Sie aber aus diesem Prospekt ersehen konnten, standen zwei Reisetermine zur Auswahl. Welche Reise möchten Sie denn buchen?", fragte die Mitarbeiterin des Reisebüros.

„Wir hätten gerne die Reise vom 28.08. bis 11.09 und eine Junior Suite auf dem Jupiter Deck. Was können Sie uns dort anbieten?", wollte Karin nun wissen.

„Auf diesem Deck sieht es sehr schlecht aus. So wie ich es auf meinem Computer sehen kann, sind alle Suiten ausgebucht. Aber warten Sie einen Augenblick, ich muss nachsehen, ob heute eventuell eine Stornobuchung eingegangen ist."

Es dauerte ein paar Minuten, dann meldete sich wieder die Mitarbeiterin:

„Hören Sie mich", fragte sie. „Ja", antwortete Karin, „ich höre."

„Sie haben Glück! Ein älteres Ehepaar, Stammgäste unseres Hauses, hat heute Morgen aus gesundheitlichen Gründen absagen müssen. Diese Suite könnten Sie bekommen. Es wäre die Suite 8327 auf dem Lido Deck die Steuerbordseite."

„Ja, die nehme ich", sagte Karin sofort.

„Sie geben mir jetzt noch Ihre Anschrift und ich werde Ihnen dann umgehend die Bestätigung zusenden. Für Ihre Buchung bedanke ich mich."

Am Abend, Petra kam von ihrer Arbeit nach Hause, da läutete auch schon das Telefon:

„Hallo Petra, Karin hier. Ich habe heute mit dem Reisebüro gesprochen. Du hattest recht, es war schon alles ausgebucht. Das ist die schlechte Nachricht. Die Gute: Zufällig hat heute Morgen ein Ehepaar aus gesundheitlichen Gründen, ihre Buchung stornieren müssen. Ich habe natürlich sofort zugegriffen und die Reise gebucht."

„Karin, das hast du gut gemacht. Sag, was haben wir denn für eine Kabine?"

„Es ist eine Junior-Suite mit der Nummer 8327 auf dem Lido Deck die Steuerbordseite."

„Karin, so eine Suite ist aber doch sehr teuer. Ich kann mir aber eine so teure Reise nicht leisten. Jedenfalls jetzt noch nicht." „Da mach du dir mal keine Kopfschmerzen darüber.

Die Mehrkosten übernehme ich. Ich kann es mir leisten. So, und jetzt möchte ich über den Preis nicht mehr sprechen."

„Ja! Dann kann ich nur noch danke sagen. Du bist ein Schatz."

Schon am übernächsten Tag hatte Karin die Bestätigung auf dem Tisch liegen. Als Vorauszahlung sollte sie einen Betrag von Euro 2.500,00 überweisen, was sie auch per Homebanking sofort erledigte.

Eine Woche später. Mit der Buchungsbestätigung in der Hand fuhr Karin zur Petra.

„Hallo meine Liebe", sagte Karin und hielt die Buchungsbestätigung in der Hand. Hier schau, die Reise ist perfekt."

„Nun komm erst einmal herein und setzt dich. Vorab mache ich uns aber erst einen Kaffee. Dann reden wir über die Reise und die dadurch entstehenden Probleme."

Karin war erschrocken!

„Was für Probleme? Ich sehe keine. Das Einzige, wonach wir schauen müssen, das sind unsere Reisepässe. Sie müssen wenigstens noch für sechs Monate gültig sein. Und wenn du keinen hast, musst du ihn so schnell wie möglich beantragen."

„Nein, das meine ich nicht. Ich frage, wie möchtest du denn beim Kapitänsempfang erscheinen? In den letzten Jahren hatte ich kein Abendkleid mehr an. Ich muss mir also auf jeden Fall ein Neues kaufen. Und das Eine oder das andere wird auch noch hinzukommen"

„Aber meine Liebe, das sind doch keine Probleme. Wie sagt man immer: Die Vorfreude ist die schönste Freude. Ich würde vorschlagen, dass wir uns auf einen Samstag verabreden, und dann in aller Ruhe diese Stunden genießen. Im Augenblick ist ja noch keine Eile geboten. Gewiss, bis auf den letzten Tag müssen wir auch nicht warten."

Kapitel -11-

Es war der 31. Juli. Die noch ausstehenden restlichen Reise-kosten sollten dem Reiseveranstalter laut seiner Buchungs-bestätigung bis zum 8. August überwiesen werden. Die Reiseunterlagen werden dann innerhalb von 14 Tagen dem Kunden zugestellt.

Herbert, wie auch die beiden Frauen, hatten ihre Restzah-lung überwiesen. Jetzt warteten sie darauf, dass die Doku-mente zur Einschiffung ihnen zugesandt werden.

Um seinen täglichen Spaziergang zu genießen, hatte sich Herbert gerichtet.

„Oftmals", so sagten ihm seine Gedanken, „hat man an der frischen Luft, die besten Einfälle."

„Ach ja, meinen Briefkasten kann ich auch, wenn ich zu-rückkomme, leeren."

So kam es vor, dass er bei schönem Wetter seinen Spazier-gang schon mal auf zwei Stunden ausdehnte, bevor er wie-der nach Hause kam. Gerne setzt er sich bei solchen Spa-ziergängen auf eine Bank und lässt seinen Gedanken freien Lauf. Mit einem Taschenkalender und mit einem Kugel-schreiber ist er immer bewaffnet. Gute Einfälle kann er so in Stichpunkten festhalten.

Doch heute beschäftigten sich seine Gedanken nur noch mit der bevorstehen Kreuzfahrt und mit dem, was er gedenkt, noch alles mitzunehmen.

„Einen Smoking und alles was dazugehört, das werde ich mir noch kaufen", ein Lächeln war bei ihm zu sehen.

„Es kann ja sein, dass ich ihn benötige. Vielleicht beim Kapitänsempfang, wer weiß? Es ist ja meine erste Kreuzfahrt."

Nach Hause gekommen öffnete er seinen Briefkasten. Einen dicken Umschlag konnte er entnehmen. Herbert schaute auf den Absender, ja, der Reiseveranstalter hatte ihm für die große Ostsee Kreuzfahrt vom 28. August bis zum 11. September, die Reiseunterlagen zugeschickt. Wie im Anschreiben empfohlen, überprüfte er den Inhalt. Vom Kofferanhänger bis hin zu den Einschiffungshinweisen, war alles vorhanden.

Es waren die ersten Tage im August.

„An einem Montag oder Dienstag" so dachte er, „habe ich auch in den Geschäften die notwendige Ruhe, um einzukaufen."

Nun vergingen die Tage bis zur Einschiffung sehr schnell.

Kapitel -12-

Auch Karin und Petra hatten in der Zwischenzeit ihre Einkäufe getätigt. Gut gelaunt und zufrieden mit dem, was sie erreicht hatten, traten sie wieder die Heimreise an. Am folgenden Montag. Karin setzte sich in ihren Wagen und fuhr in die Stadt. Bei dieser Gelegenheit leerte sie auch ihr Postfach. Einen dicken Umschlag konnte sie sehen. Durch ihn war das Postfach bis auf den letzten Millimeter genutzt. Noch ein Brief hätte nicht hineingepasst. Sie schaute sich den Absender an und sah, dass es die Reiseunterlagen waren.

„Das ging aber schnell", dachte sie, „wenn bei denen alles so funktioniert, werden wir bestimmt zufrieden sein."
Zu Hause angekommen öffnete sie den dicken Umschlag, es war schon mehr ein Päckchen. Vorrangig nahm sie sich das Begleitschreiben und las es durch. Auch sie folgte der Empfehlung und überprüfte den Inhalt. Es war alles vorhanden. Am späten Nachmittag setzte sie sich telefonisch mit Petra in Verbindung.
„Hallo Petra, Karin hier! Heute hatte ich in meinem Postfach die Reiseunterlagen. Wenn du magst, dann komm doch heute noch zu mir."
„Aber ja, ich komme! Du hattest Glück, ich bin auch gerade erst von der Arbeit gekommen. Ich werde mir nur noch meine Sachen für Morgen richten, dann komme ich."

Das Gespräch war gerade mal beendet und Petra hatte den Hörer wieder aufgelegt, da läutete es an der Haustür. Sie ging zur Tür und öffnete. Vor ihr stand Klaus. Einen besonderen glücklichen Gesichtsausdruck konnte Petra nicht erkennen: „Was willst du denn hier", legte sie gleich los. Sie ließ ihn erst gar nicht zu Wort kommen. „Petra entschuldige bitte, ich habe auch nur eine Frage", sie hatte ihm irgendwie den Schneid genommen, „die mir zustehenden Sachen aus unserer Scheidung, kann ich sie noch drei Monate bei dir stehenlassen? Ich wäre dir sehr dankbar dafür." „Ja,
aber nicht länger", antwortete ihm Petra. „Ich danke dir. Tschüss und bis zum nächsten Mal." „Zu mir brauchst du nicht mehr kommen", dachte Petra und schoss die Haustür.

Sie rief noch einmal Karin an: „Ich bin es, Petra. Du Klaus war gerade hier, dadurch komme ich etwas später. Jetzt kannst du den Kaffee aber aufsetzen. Also tschüss, bis gleich."
Gesagt, getan! Petra setzte sich in ihren Wagen und fuhr los. Die Neugierde war viel zu groß, um auch nur einen Tag zu warten. Bei ihr angekommen stellte sie ihren Wagen ab und läutete. Karin öffnete ihr die Tür:
„Hallo komm rein", so wurde sie empfangen, „ich habe schon alles vorbereitet. Setz dich bitte, zuerst trinken wir eine gute Tasse Kaffee, dann können wir plaudern."

„Ja danke, die kann ich auch jetzt gebrauchen."

Karin holte den Kaffee und schenkte jeder eine Tasse ein.
So schnell hatte Petra noch nie ihren Kaffee getrunken. Sie
stellte die Tasse beiseite.
„Nun zeig her, was haben sie uns geschickt?"
Karin ging und holte nun den dicken Umschlag. Sie legte
ihn auf den Tisch.
„So meine Liebe und jetzt alles der Reihe nach. Hier zunächst das Anschreiben. Lese es bitte genau durch."
Karin hatte inzwischen die einzelnen Unterlagen ausge-
breitet vor sich liegen. Nachdem Petra den Brief gelesen
hatte, gab sie ihn der Karin zurück.
„Des Weiteren haben wir bekommen: Die Einschiffungs-
hinweise, dann der Leistungsgutschein, ihn benötigst du,
um das Schiff betreten zu dürfen. Ferner die Bestätigung
zur Unterstellung des Fahrzeugs in einem Parkhaus, das
Ausflugsprogramm, in ihm sind die einzelnen Ausflüge be-
schrieben. Für jede Person zwei Kofferanhänger, die wir
aber noch beschriften müssen und die allgemeinen Infor-
mationen. Diese haben aber nur auf dem Schiff ihre Gültig-
keit".
„Karin sollen wir mit meinem Wagen fahren?"
„Nein Petra, mein Wagen ist größer."
„Mir soll's recht sein. Ich gehe auch davon aus, dass wohl
jede von uns zwei Koffer haben wird."

„Ja, mindestens einen halben benötige ich schon für meine Schuhe. Ich kann es mir auch nicht vorstellen, dass es bei dir anders sein wird."

Kapitel -13-

Columbus-Cruise-Center in Bremerhaven: Herbert, der sich schon sehr früh auf den Weg machte, hatte die Einschiffungshalle bereits gegen 15:00 Uhr erreicht. Es herrschte ein überaus reges Treiben. Hunderte Kreuzfahrer warteten auf die Einschiffung.

„Zuerst werde ich meine Koffer abgeben und anschließend gehe ich zum Schalter der Spedition, um dort meinen Wagen abzugeben. Es ist schon etwas Wert, sein Fahrzeug in Sicherheit zu wissen."

Es funktionierte alles reibungslos. Die Uhr zeigte inzwischen 15:30. Mit der Einschiffung wurde begonnen.

Herbert begab sich zum Sonderschalter für den VIP-Service. Er hatte ja eine Kabine mit dem Silber Service gebucht. Nachdem er seinen Leistungsschein abgegeben hatte, wurde von ihm das für den Bord Pass vorgeschriebene Foto gemacht. Anschließend bekam er seinen Pass. Seine letzte Hürde war nun die Sicherheitskontrolle. Hiernach konnte er über die Gangway ins Innere des Schiffs. Freundlichst wurde er von einer Schiffsstewardess empfangen, die ihn dann zur Kabine führte. Die Koffer standen bereits vor der Tür. Kaum hatte er die Kabinentür geöffnet, stellte sie ihm auch ein Mitglied der Crew hinein. Herbert schaute sich in seiner Kabine um, ging auf den Balkon. Seine Kabine war sehr geschmackvoll und gemütlich eingerichtet.

„Ist ja alles Okay", war sein Kommentar.

„Dann werde ich mal damit beginnen, meine Koffer auszupacken."

„Ach, daran habe ich ja gar nicht mehr gedacht", Herbert hatte sich vier Exemplare seines Buches eingepackt.

Hatte er doch im Katalog gelesen, dass es an Bord auch eine Bibliothek gebe.

„Morgen haben wir einen See Tag. Ich werde zur Rezeption gehen und dort mein Buch für die Bibliothek anbieten. Schaden kann es auf keinen Fall".

Nach getaner Arbeit setzte er sich an seinen Schreibtisch.

Vor ihm lag das Einschiffungsprogramm für den 28. August. Alles was auf einem Schiff zu beachten galt, konnte man hieraus ersehen.

Karin und Petra hatten ihre Abfahrt in aller Ruhe vorbereitet. Gegen 16:30 Uhr erreichten sie das Columbus-Cruise-Center in Bremerhaven. Frauen lassen sich ja bekanntlich immer etwas mehr Zeit. Auch sie gaben an dem dafür vorgesehenen Schalter ihre Koffer ab. Ihren Wagen wollte Karin auch sicher untergestellt wissen. Sie gingen zum Schalter der Spedition, um die Formalitäten zu erledigen. Anschließend begaben auch sie sich zum VIP-Schalter. Karin hatte ja eine Suite mit dem Goldservice gebucht. Das Prozedere der Einschiffung, mussten aber auch sie über sich ergehen lassen. „Jetzt noch durch die Sicherheitsschleuse, dann haben wir es geschafft", sagte Karin. Ihre Freude war nicht zu übersehen.

„Ich bin auch gespannt, was uns erwartet", erwiderte ihr Petra.

Die Schiffsstewardess empfing sie mit den Worten:

„Herzlich willkommen an Bord der MS Artania ", und dann weiter, „bitte folgen Sie mir, ich führe Sie zu Ihrer Suite."

Auch hier, die Koffer standen bereits vor der Tür. Sie öffnete den beiden Frauen ihre Suite und sagte:

„Ich wünsche Ihnen nun einen angenehmen Aufenthalt an Bord und eine wunderschöne Reise. Für weitere Wünsche steht Ihnen die Bordstewardess gerne zur Verfügung."

Karin und Petra hatten gerade ihre Suite betreten, als ihnen auch schon ihre Koffer vom Gang in ihre Suite gebracht wurden.

„Bevor wir aber unsere Koffer auspacken", so Petra, „schauen wir uns erst einmal unser Neues zu Hause an."

Sie gingen ins Bad und staunten nicht schlecht, was sie dort zu sehen bekamen.

„Karin, schau dir das an! Hier findest du aber auch alles, was eine Dame von Welt benötigt."

„Dem kann ich nur zustimmen."

Anschließend schauten sie sich einmal die Suite genau an. Sie war sehr geschmackvoll eingerichtet und hatte ein wohnliches und gemütliches Ambiente. Man konnte auch sagen:

„Hier fühle ich mich wohl."

Zwei große Fenster ließen die Suite erstrahlen. Das rechte Fenster hatte eine Schiebetür zum Balkon. Auf der linken Seite stand ein Doppelbett. Auf dieser Seite war auch der Fernseher angebracht. Die rechte Seite, sie war dem täglichen Aufenthalt gewidmet. Eine Couch und ein Sessel, mit einem davorstehenden Beistelltisch, stellten den Wohnteil dar. Die Wände waren mit geschmackvollen Bildern bestückt. Im vorderen Teil der Suite standen ein Schreibtisch, ein Sideboard sowie die erforderlichen Kleiderschränke. Die täglich frischen Blumen, wie auch die Flasche Champagner zur Begrüßung waren eine Selbstverständlichkeit.

„Komm", Petra war von allem sehr beeindruckt, „jetzt schauen wir einmal, wo wir unsere Sachen verstauen können."
Es gab nichts zu bemängeln. Platz war ausreichend vorhanden. Dann öffneten sie die Schiebetür zum Balkon. Auch hier entsprach alles dem Beschriebenen. Jede hatte ausreichend Platz für einen Liegestuhl. Als sie wieder vom Balkon zurückkamen, klopfte jemand an die Tür.
Svetlana, die für diesen Bereich zuständige Stewardess, stand vor der Tür und wartete auf ein Zeichen, eintreten zu dürfen.
„Ja bitte", konnte sie vernehmen und trat ein.
„Guten Tag, Svetlana ist mein Name. Ich bin die für Sie zuständige Stewardess. Wenn Sie also Wünsche haben, wenden Sie sich bitte an mich. Ansonsten wünsche ich Ihnen

einen angenehmen Aufenthalt auf unserem Schiff und eine wunderschöne, erholsame Reise."

„Danke", antworteten Karin und Petra, „wir werden uns melden."

„Komm", ließ Petra verlauten, „jetzt packen wir zuerst unsere Koffer aus. Wir müssen uns ja auch noch zurechtmachen.

Das Abendessen wird ab 18:30 Uhr serviert. Und Leinen los heißt es um 19:00 Uhr."

„Nun mach mal nicht die Pferde wild", erwidert ihr Karin, „Abendessen gibt es bis 21:00 Uhr. Und danach möchte ich auch erst einmal das Schiff kennenlernen."

Kapitel -14-

Der erste Abend an Bord. Herbert suchte sich einen Platz auf dem Sonnendeck (Deck 9). Von hier aus wollte er das Ablegen des Schiffs miterleben. „Nach dem Ablegen", so seine Gedanken, „werde ich in aller Ruhe das Abendessen einnehmen."

So gegen 18:00 Uhr, Petra und Karin hatten sich auf den Abend vorbereitet.
„Petra ich schlage vor, wenn das Schiff ablegt, gehen wir hinunter. Vom Saturn Deck aus, können wir alles gut beobachten und haben auch nicht den Wind, der unsere Frisuren durcheinanderbringt."
„Ja okay, danach gehen wir dann hinunter zum Restaurant „Vier Jahreszeiten", das sind nur zwei Decks darunter."

19:00 Uhr, dreimal ertönte das Schiffshorn, ein Zeichen, dass das Schiff den Hafen verlässt. Karin, Petra und auch Herbert hatten sich bereits zu ihren Plätzen begeben. Meter um Meter drückte sich das Schiff von der Kaimauer ab, um dann anschließend Fahrt aufzunehmen.
Nach gut einer halben Stunde hatte das Schiff Bremerhaven verlassen. Man konnte den Hafen nur noch aus der Ferne sehen.

„Komm", stieß Karin Petra an, „wir gehen jetzt ins Restaurant. Mein leerer Magen macht sich so langsam bemerkbar."

„Dann lass uns gehen, mir geht es nicht anders."

Sie gingen hinunter. Ihr Weg führte sie zur Rezeption. Diese hatten sie auch noch nicht gesehen. Die Einschiffung erfolgte über Deck drei. Das ist das Salondeck.

„Ich bin schon sehr beeindruckt von dem, was ich bis jetzt auf diesem Schiff gesehen habe."

„Dem kann ich mich nur anschließen", erwiderte Petra.

In den beiden Restaurants war freie Platzwahl angesagt. Also suchten sich die beiden ein schönes Plätzchen und ließen alles Weitere auf sich zukommen. Es war alles hervorragend organisiert. Kaum hatten sie sich gesetzt, kam auch schon Marvin, der für die Getränke zuständige Kellner, grüßte freundlichst und fragte: „Was möchten die Damen trinken?"

„Einen Wein bitte", antworteten beide.

Marvin hatte sich kaum entfernt, da stand auch schon Alwin, ein sehr humorvoller Kellner, mit der Speisekarte vor ihnen und überreichte jeder eine Karte. Marvin hatte die Getränke gerade serviert, als Alvin kam und fragte:

„Haben die Damen sich entschieden?"

„Ja", antwortete Petra, „wir hätten gerne je einmal die Empfehlung des Küchenchefs."

„Wird gemacht", sagte er lächelnd und entfernte sich.

Karin nahm das Glas Wein, hielt es der Petra entgegen und sagte:

„Meine Liebe, stoßen wir an auf eine wunderschöne und erholsame Reise, sehr zum Wohle."

Eine kurze Zeit später wurde auch schon das Essen serviert.

Die Vorspeise: Geflügelsuppe mit Ingwerklößchen und Junglauch.

Das Hauptgericht: Kalbsbrust geschmort mit Champignonlauch und Herzoginkartoffel.

Dessert: exotischer Fruchtstrudel an Mango Sauce

Alwin, ein sehr aufmerksamer Kellner serviert und wünschte den beiden Damen, einen guten Appetit.

„Schöner kann eine Reise nicht beginnen", frohlockte Karin.

„Wenn das aber hier so weitergeht", erwiderte ihr Petra, „dann müssen wir nach unserer Rückkehr, für mindestens vierzehn Tage, die Waage in den in den Keller stellen."

Es gab ein Gelächter.

Karin kam auf die Idee, das Saturn Deck aufzusuchen.

„Hättest du etwas dagegen", fragte sie, „wenn wir auf dem Saturn Deck noch einen Spaziergang machen?"

„Nein ich habe nichts dagegen, tun wir etwas für unsere Figur. Bei einem so schönen Sommerabend, macht ein Rundgang auch spaß.

Und vom Sonnenuntergang bekommen wir auch noch etwas mit. Ich bin einverstanden. Lass uns gehen."

Es war tatsächlich ein Abend, wie man ihn sonst nur im Fernsehen auf Traumschiffen zu sehen bekommt. Gut eine

Stunde hielten sich Karin und Petra auf dem Saturn Deck auf, dann wurde es ihnen doch zu kalt und sie beschlossen, ihre Suite aufzusuchen. Inzwischen war es 22:00 Uhr. Petra holte die Sektgläser, nahm die Flasche Champagner, öffnete sie und dann der Karin zugewandt:
„Komm, genießen wir den Willkommensgruß. Morgen beginnt ein neuer Tag. Prost!"

Herbert, der sich ebenfalls das Manöver eines so großen Schiffs angesehen hatte, bekam nun auch das Bedürfnis, sich ins Restaurant zu begeben. Sein Magen gab ihm ein unmissverständliches Zeichen, er hatte Hunger.
„Soll ich den Lift nehmen, oder soll ich die Treppen hinunterlaufen?" Er kämpfte mit sich, entschied sich dann aber doch für die Treppe. Bis zum Salon Deck ging er hinunter und begab sich ins Restaurant „Artania" um dort zu speisen. Viele freie Plätze gab es nicht. Doch dann sah er einen Tisch, am dem zwei ältere Damen saßen. Herbert ging zu ihnen und fragte:
„Entschuldigen Sie bitte, ist dieser Platz noch frei?"
„Natürlich ist dieser Platz noch frei", sagte eine der Damen, „Also bitte, nehmen Sie Platz."
„Meine Damen, ich bedanke mich", antwortete er und setzte sich zu ihnen. Als der Kellner kam und fragte, was er den trinken möchte:
„Bitte ein Bier", war seine Antwort.

Unmittelbar danach brachte ihm ein anderer Kellner die Speisekarte. Herbert schaute sich die Karte an. Aber so recht konnte er sich nicht entscheiden.

„Junger Mann", sagte ihm die gegenübersitzende Dame, „nehmen Sie die Empfehlung des Küchenchefs, Sie werden nicht enttäuscht sein. Herbert folgte dieser Empfehlung und war zufrieden. Den Rest des Abends verbrachte er an der Bar.

Kapitel -15-

Den 29. August verbrachten sie auf See. So hatte jeder Passagier die Möglichkeit, sich vom Stress der Anreise zu erholen und sich wieder zu regenerieren. Jeweils am Abend eines Tages hatte jeder Passagier das Tagesprogramm des nächsten Tages in seiner Kabine. Auch Petra, Karin und Herbert schauten sich intensiv ihr Tagesprogramm an. Zu 10:00 Uhr war eine Rettungsübung angesagt. Diese Übung ist Pflicht für alle Passagiere!

„Morgen Abend müssen wir uns aber chic machen", sagte Karin.

„Wieso", fragte Petra, „wir kleiden uns doch immer chic." „Meine Liebe, wir sind eingeladen zu einem Begrüßungscocktail in die Atlantik-Show- Lounge.

Der Kapitän, seine Offiziere, die Kreuzfahrtdirektoren und das Team stellen sich vor.

Bekleidungsempfehlung: elegant."

Das Tagesprogramm endete mit den Worten zum Tage:
„Nimm dir Zeit
… zum Nachdenken – als Quelle deiner Kraft
… zum Lesen – als Quelle deines Wissens
… zum Schreiben – als Quelle deiner Kreativität
… zum Spielen u. Lachen – als Quelle deiner Gesundheit
… zum Sporttreiben – als Stärkung deiner Kraft."

„Nun kommt doch der Smoking zum Einsatz", gedanklich fühlte sich Herbert bestätigt, ihn gekauft zu haben. Nachdem er dann die Worte zum Tage gelesen hatte, legte er sich hin und schlief ein.

Von allem erholt, erstrahlte der nächste Morgen in einem ganz anderen Licht. Petra, die eine Frühaufsteherin war, hatte sich schon um 8:00 Uhr fürs Frühstück gerichtet.
„Karin, dauert es noch lange bei dir", fragte sie, „ich möchte in aller Ruhe frühstücken."
Aus dem Bad bekam sie zu hören:
„Einen Augenblick, in fünf Minuten bin ich fertig. Außerdem, Frühstück gibt es bis 9:30 Uhr."
Doch dann endlich war es so weit. Sie beide gingen zum Lift und fuhren hinunter. Im Restaurant „Vier-Jahreszeiten" wollten sie auch heute frühstücken. Es gefiel ihnen hier schon am Vorabend so gut. Sie hatten Glück. Schnell fanden sie einen Tisch am Fenster. Die Gäste waren gerade aufgestanden. Überwältigt vom Büffet konnten beide zunächst nur staunen.
„Dann lass uns mal zugreifen, Petra das ist ein Angebot wie in einem 5 Sterne Restaurant."
Eine Stunde frühstückten sie und berieten sich, wie sie den Tag auf See verbringen wollten.
Herbert hingegen ließ es langsam angehen. „Bis 9:30 ist das Büffet geöffnet", so seine Gedanken, „da genügt es, wenn ich um 9:00 Uhr unten erscheine."

Auch er war überwältigt, als er das Büffet sah.

„Donnerwetter", dachte er, „hier bekommt man aber einiges geboten."

Er bediente sich und ließ sich das Frühstück in aller Ruhe auf der Zunge zergehen. Es war ein herrlicher Sommertag.

„Soll ich mich hinlegen und faulenzen, oder soll ich mir dieses Schiff ansehen?" So recht wusste er noch nicht, wie er sich entscheiden sollte."

Es fielen ihm seine mitgebrachten Bücher ein:

„Ich gehe zur Rezeption und werde dort mein Buch anbieten und darum bitten, dass man es in die Schiffsbibliothek aufnimmt. Es anzubieten, kann auf keinen Fall ein Fehler sein, so seine Gedanken."

Kurzum, Herbert suchte seine Kabine auf und holte sich ein mitgebrachtes Exemplar.

„Signieren werde ich es auch vorher." Er setzte sich an seinen Schreibtisch und schrieb:

„Liebe Leserinnen und Leser der MS Artania!
Bei der Lektüre meines Buches wünsche ich Ihnen,
spannende und erholsame Stunden.
Behalten Sie diese Kreuzfahrt in bester Erinnerung.
Artania auf See, den 29. August 2011…"
Ihr
Herbert Kleinschmitt

Er ging zum Lift und fuhr hinunter, um auf Deck 2 die Rezeption aufzusuchen.

„Entschuldigen Sie bitte, Kleinschmitt ist mein Name. Ich habe hier einen von mir geschriebenen Roman, der auch inzwischen beachtliche Verkaufszahlen erreicht hat. Ich würde mich freuen, wenn er in Ihrer Bibliothek der Leserschaft auf diesem Schiff angeboten würde."

„Einen Augenblick", sagte die Dame an der Rezeption, „ich schau einmal nach, wo sich die Leiterin der Bibliothek aufhält."

Einige Minuten wartete Herbert nun schon.

„Im Urlaub", so dachte er, „hat man eben viel Zeit."

Er setzte sich in einen Sessel und beobachtete die Aktivitäten an so einer Rezeption. Doch dann, mit geraden Schritten kam eine Dame auf ihn zu:

„Herr Kleinschmitt?" Fragte sie.

„Ja", antwortete Herbert, „der bin ich."

„Mein Name ist Lich. Ich verwalte unsere Bibliothek. Wie ich von meiner Kollegin erfahren habe, möchten Sie, dass Ihr Buch in unserer Bibliothek aufgenommen wird."

„Ja, das wäre mein Wunsch. Es handelt sich hier um meinen Roman „Und es entstehen blühende Gärten." Eine gesamtdeutsche Geschichte, die sich so, oder so ähnlich nach der Wende ereignet haben könnte. Von diesem Buch wurden auch in der Zwischenzeit beachtliche Stückzahlen verkauft. Ich habe mir auch erlaubt, dieses Exemplar zu signieren."

„Geschenke in dieser Form nehmen wir von unseren Gästen natürlich gerne an. Würde es Ihnen aber etwas ausmachen, wenn ich das Buch an mich nehme und es als Erste lese? Ich möchte doch wissen, was ich unserer Leserschaft anbiete."

„Was soll ich dagegen haben? Nehmen Sie es an sich. Ich wünsche Ihnen bei der Lektüre spannende und erholsame Stunden."

„Danke Herr Kleinschmitt, Sie werden schon bald etwas von mir hören."

Frau Lich nahm das Buch und beide verabschiedeten sich.

„Zuerst werde ich mir aber auf diesem Schiff die Bibliothek ansehen. Sie ist ja auf meinem Deck."

Herbert staunte nicht schlecht, als er sah, wie umfangreich diese war. Danach schlenderte er von Deck zu Deck und schaute sich die Räumlichkeiten an.

Kapitel -16-

Nachdem Karin und Petra am Vorabend doch sehr müde waren und auf eine Schiffserkundung verzichtet hatten, machten sie sich heute auf den Weg.

„Karin, lass uns ganz oben auf Deck 9 beginnen. Ich meine, es ist leichter von oben nach unten zu gehen, als umgekehrt." „Du könntest mal wieder recht haben", antwortete sie ihr.

Im Lift drückte Petra auf Deck 9. Auf der Heckseite des Schiffs befand sich die Panorama Lounge Pazifik, eine Disko mit ausreichender Tanzfläche und einer Bar.

„Alles was wir bisher hier auf diesem Schiff gesehen haben, ist schon sehr beeindruckend", sie schaute Karin dabei an.

„Ja, das kann ich nur bestätigen. Nun lass uns mal hinübergehen zur Bug Seite. Dort ist doch der Artania Pool, das Sonnendeck und all die anderen Annehmlichkeiten. Die Saunalandschaft mit Ruheraum, die Spa Rezeption und den Massage- sowie Fitnessraum. Schau, auch den Friseur finden wir hier." Anschließend gingen sie hinunter zum Lido Deck 8, wo auch sie ihre Suite hatten. Viele Gäste hatten sich dort schon eingefunden. Der Poolbereich lud auch bei so einem herrlichen Sommertag dazu ein.

„Hier haben wir ja schon alles gesehen", sagte Karin, „gehen wir zum Jupiter-Deck (7)."

Sie kamen die Treppe hinunter. Vor dem Lift sah Petra einen Mann stehen. Groß und schlank, ca. 59 Jahre alt, mit einem stattlichen Erscheinungsbild. Die Tür öffnete sich und der Mann ging hinein. Das Karin und Petra sich auf der Treppe befanden, hat er nicht wahrgenommen. Wie versteinert blieb Petra stehen. „Was ist mit dir?", wollte Karin nun wissen: „Also, entweder habe ich Halluzinationen oder mich hat die Vergangenheit eingeholt", sagte Petra ganz kleinlaut. Und Karin: „Das musst du mir erklären. Schieß los, ich bin gespannt."

„Ich habe dir doch von meiner Jugendliebe erzählt." „Ja, das hast du und weiter?"

„Ich glaube, dass der in den Lift eingestiegene Mann, meine Jugendliebe hätte sein können. Wenn ich die vielen Jahre hinzurechne, ausgeschlossen wäre es also nicht."

„Ja meine Liebe und wenn es so ist. Vielleich ist er verheiratet, hat Kinder und ist hier mit seiner Frau an Bord. Und außerdem, auf so einem großen Schiff, mit so vielen Passagieren, wirst du ihn wohl kaum wiedersehen. Das müsste schon ein großer Zufall sein."

„Karin, ob du es mir glaubst oder nicht, ich habe Herzklopfen."

„Ich glaube es dir ja, aber komm, wir wollen doch das Schiff kennenlernen. Hier auf diesem Deck 7 sind nur Kabinen und die Bibliothek. Die schauen wir uns auch einmal an." Petra folgte ihr, aber mit ihren Gedanken war sie bei dem, was sie glaubte, vorher gesehen zu haben. Auf den Decks 6 Apollo bis hinunter zu Deck 4 Saturn, gibt es nur Kabinen.

Kapitel -17 –

Der Kapitänsempfang mit dem anschließenden Begrüßungscocktail begann um 18:00 Uhr. Einzeln oder paarweise begrüßten Kapitän und Kreuzfahrtdirektor die erschienenen Gäste. der Lido, Jupiter und des Saturn Decks. Die Gäste des Apollo, Orion und des Neptun Decks folgten. Ein Erinnerungsfoto, zusammen mit dem Kapitän und dem Kreuzfahrtdirektor, machte der Bordfotograf. Diese Bilder waren am anderen Abend im Foto Shop auf Deck 3 in seiner Ausstellung zu sehen und konnten käuflich erworben werden.

Den Nachmittag verbrachte ein jeder nach seinen Wünschen. Die Einen nahmen ein Sonnenbad, andere wieder besuchten die gebotenen Veranstaltungen. Es war für jeden etwas dabei.

Bei einem kühlen Getränk und strahlendem Sonnenschein genoss Herbert den Nachmittag auf Deck 4, in der Phönix-Bar.

Petra und Karin zogen es vor, den Nachmittag auf dem Balkon ihrer Suite zu verbringen. Den besonderen Gold Service nutzten sie und ließen sich die kalten Getränke dorthin servieren.

„Petra", sagte Karin, „so einen Nachmittag müssen wir genießen", und setzte sich im Bikini in den Liegestuhl. Petra folgte ihr zwar, aber trotz allem, sie konnte den Gedanken nicht loswerden, ihn gesehen zu haben. Und hätte es ihr noch jemand vorhergesagt, dass es eventuell auf diesem Schiff sein wird, es wäre nicht auszudenken gewesen.

Der Nachmittag verging, es war 16:30 Uhr.

„Karin, ich glaube, es wird Zeit, dass wir uns für den Abend chic machen", mahnte Petra. Dann wieder in sich gekehrt:

„Vielleicht sehe ich ihn ja noch einmal", dieser Gedanke war einfach aus ihrem Kopf nicht mehr zu entfernen.

„Geh du zuerst ins Bad", rief Karin, „ich folge dir.

„Irgendwie", so dachte Karin, „ist sie seit heute Vormittag anders. Sollte bei ihr dieser Mann, heute noch so eine Ausstrahlung haben? Dann war es damals wirklich die große Liebe. Ja, ich muss ihr helfen" Herbert ließ es etwas ruhiger angehen.

„Ein Mann ist doch schneller fertig", war seine Überzeugung.

Langsam begann auch er, sich seine Sachen zurechtzulegen. Zuerst holte er sich seinen Smoking aus dem Kleiderschrank und hang ihn an einen dafür vorgesehenen Haken. Dann nahm er sein Frackhemd und legte es aufs Bett. Beim Kauf hatte er sich für eine rote Fliege mit dem dazugehörenden Einstecktuch entschieden.

„Noch die Unterwäsche", so seine Gedanken, „dann habe ich wohl alles, bis auf die Schuhe", Herbert legte großen Wert auf sein Äußeres. Nachdem er im Bad fertig war, kleidete er sich an.

„Jetzt noch mein Eau de Toilette, dann bin ich fertig", sprach er so vor sich hin.

Im Bad benötigten Petra und Karin natürlich ihre Zeit. Das ist nun mal bei Frauen so. Dennoch, einmal ist man auch dort fertig und kann sich mit dem Ankleiden beschäftigen. Sie holten ihre Abendkleider heraus.

Ihre Kleider hingen sie sichtbar an einen Kleiderhaken. Dann standen sie vor ihren Kleidern und begutachteten sie. Es hätte ja sein können, dass man etwas übersehen hat.

„Komm", sagte Karin, „ziehen wir uns an. Du wirst sehen, die Männer schauen uns nach. Schließlich sind wir doch im besten Alter." Sie lachten beide!

Der Ankleidespiegel war jetzt gefragt. Jede stand abwechselnd davor und begutachtete sich. Anschließend sagte jede der anderen:

„Du siehst toll aus!"

„Und jetzt noch unseren Duft, der uns umschmeichelt, dann sind wir fertig und können gehen."

Petra und Karin strahlten über das ganze Gesicht. Die Sonne hätte nicht schöner scheinen können.

„Ich würde vorschlagen", sagte Petra ermahnend, „wir machen uns so langsam auf den Weg. Die Letzte möchte ich nun wirklich nicht sein."

Noch einmal der prüfende Blick in den Ankleidespiegel, dann machten sich beide auf und gingen zum Lift.

Die Atlantik-Show-Lounge auf Deck 3 war der Treffpunkt zum Kapitänsempfang. Dort unten angekommen, die Tür des Lifts öffnete sich. Mindestens einhundert Passagiere standen vor der noch verschlossenen Eingangstür zu Show Lounge und warteten.

„Damit habe ich jetzt nun wirklich nicht gerechnet", sagte Karin voller erstaunen und schaute auf die Uhr. Es war 17:45 Uhr und schon so viele Menschen? Es verschlug ihr die Sprache. „Kaum zu glauben", dachte sie.

Herbert hatte sich etwas früher nach unten begeben. „Einen Drink werde ich mir noch vorher genehmigen."

Das war sein Vorhaben. Er hatte es vorgezogen, die Treppen hinunterzugehen.

Als er dann aber sah, dass schon einige Gäste vor der Tür standen, schloss er sich ihnen an. Kurz vor 18:00 Uhr drehte Herbert sich um und riskierte einen Blick rückwärts. Es standen nicht mehr zuzählende Gäste und warteten darauf, vom Kapitän und vom Kreuzfahrtdirektor begrüßt zu werden.

„Das dauert ja mindestens eine Stunde, bis dass der Kapitän all diese Gäste begrüßt hat", dachte er.

Dann war es endlich so weit, die Tür öffnete sich und die Begrüßungszeremonie begann. Zehn oder zwölf Gäste waren vor ihm. Dann stand auch er vor dem Kapitän und Kreuzfahrtdirektor. Der Kapitän reichte ihm die Hand und sagte:

„Herzlich willkommen an Bord, ich wünsche Ihnen eine erholsame Reise."

„Danke", sagte Herbert. „Kapitän, ich wünsche Ihnen und uns, immer eine Handbreite Wasser unter unserem Kiel."
Vom Kreuzfahrtdirektor wurde er ebenfalls herzlichst willkommen geheißen.
Anschließend machte der Bordfotograf die obligatorischen Erinnerungsfotos. Ein Foto mit dem Kapitän und ein Foto mit dem Kreuzfahrtdirektor. Danach wurde Herbert vom Servicepersonal in Empfang genommen. Sekt oder Sekt mit Orange bekam er angeboten. Eine andere Service Mitarbeiterin bot dazu kleine Appetithäppchen an. Herbert hatte noch eine große Auswahl an freien Plätzen in der Show Lounge. Es waren ja nur wenige Gäste vor ihm. Er nahm sein Sektglas und suchte sich ganz vorne einen schönen Platz.
Hautnah wollte er die weitere Begrüßungszeremonie miterleben. Auch in der Lounge versorgte das Servicepersonal die Gäste mit Getränken.
Den beiden Frauen blieb also nichts Anderes übrig, als sich hintenanzustellen. Karin zu Petra:
„Jetzt lass uns nur nicht die Contenance verlieren."
„Ja", erwiderte sie, „gut Ding braucht Weile."
So langsam kamen sie Schritt für Schritt voran. Nach ihnen wurde die Warteschlange noch um einiges länger. Immerhin, 1200 Passagiere kann das Schiff aufnehmen. Es waren in der Zwischenzeit ca. 30 Minuten vergangen. Sie merkten,

wie das vor ihnen stehende Ehepaar einen leichten Stoß-
seufzer von sich gab, als sie die Nächsten waren, die zum
Kapitän gehen konnten.

„Na siehst du", sagte Petra erleichternd, „jetzt sind wir
auch an der Reihe."

Der Kapitän reichte jeder die Hand. Und mit den Worten:

„Meine Damen, ich begrüße Sie an Bord der MS Artania
und heiße Sie auf das Herzlichste willkommen. Ich wünsche Ihnen eine schöne und erholsame Reise."

Petra und Karin:

„Herr Kapitän, danke für diesen freundlichen Empfang".

Der Kreuzfahrtdirektor schloss sich den Worten des Kapitäns an und fügte noch hinzu:

„Meine Damen, Sie sehen bezaubernd aus."

„Danke", antworteten sie, „Komplimente dieser Art nehmen wir gerne an."

Der Bordfotograf stand schon bereit und wartete nur darauf, dass sie sich ihm zugewandt stellten und den Kapitän
und anschließend den Kreuzfahrtdirektor in die Mitte nahmen. Danach bedankte er sich.

Karin und auch Petra ließen sich ebenfalls vom Servicepersonal verwöhnen. Sie nahmen ihr Glas Sekt und gingen in
die Show Lounge. Die besten Plätze waren natürlich belegt.
Dennoch, zwei fanden sie, die ihnen zusagten.

„Diese beiden Plätze nehmen wir", sagte Karin und zeigte an, in die vierte Reihe zu gehen. Sie stellten ihre Gläser ab und setzten sich.

„Die Show Lounge hat aber auch ein tolles Ambiente", bemerkte Petra. Insbesondere gefielen ihr die bequemen Sessel.

„Ja, mir gefällt die Lounge auch. Aber von nun an lassen wir uns überraschen", erwiderte ihr Karin.

Im weiteren Verlauf des Abends stellte der Kapitän seine Crew vor. Jeden Einzelnen nannte er mit Namen. Dann übernahm der Kreuzfahrtdirektor das Mikrofon und stellte die Verantwortlichen seiner Crew namentlich vor.

Zum Willkommens-Abendessen suchte jeder das von ihm bevorzugte Restaurant auf. Man ging ins Restaurant „Artania" oder ins „Vier Jahreszeiten." Mit einem festlichen Mahl klang der offizielle Teil aus. Den Rest des Abends verbrachte ein jeder nach seinem Geschmack. Karin und Petra entschieden sich, in der Show Lounge das Abendprogramm anzusehen. Bei einem guten Glas Wein und guter Unterhaltung beendeten sie den Abend. Petra hatte auch gehofft, dort ihre Jugendliebe zu finden.

Herbert hatte sich entschieden, die Pazifik Lounge auf Deck 9 aufzusuchen. Dort unterhielt eine Band die Gäste mit bekannten und beliebten Melodien.

Kapitel -18-

Herbert betrat die Pazifik Lounge und entdeckte am Fenster auf der Backbordseite einen Tisch für zwei Personen. „Den nehme ich", lächelte und ging gerade auf diesen Tisch zu. Er ließ seinen Gedanken freien Lauf: „Mit Musik geht alles besser", dachte er. Eine Serviererin fragte: „Was möchten Sie trinken?" „Vorab bringen Sie mir bitte ein Bier, dann sehen wir weiter." Nach ihrer Pause betraten die Musiker wieder das Podium. Diese Band hat ein Repertoire für Jung und Alt. Der Bandleader nahm das Mikrofon: „Und nun verehrte Gäste, Damenwahl." Ehe Herbert sich versah, stand eine Dame vor ihm: „Darf ich bitten?" „Aber ja", sagte Herbert und führte sie zur Tanzfläche. „Du hast mich tausendmal belogen, du hast mich tausendmal verletzt", spielte die Band. Den Beiden ging ein Lächeln über die Lippen. „Dann habe ich ja heute gleich am ersten Abend ein Riesenglück", sagte sie, „junger Mann, sie sind ein hervorragender Tänzer." Herbert fühlte sich geschmeichelt. Nach den üblichen drei Tänzen führte er sie zu ihrem Tisch und bedankte sich. Herbert der alleine an seinem Tisch saß, hatte sich nach den drei Tänzen gerade wieder hingesetzt, als er von einer Frau angesprochen wurde: „Entschuldigen sie bitte, ist dieser Platz noch frei?" „Ja", sagte Herbert, „und wenn sie sich jetzt setzen, dann ist er vergeben." Beide schauten sich an. „Donnerwetter ist die hübsch, wie Mona Lisa." Herbert war von ihrer Schönheit überwältigt, was er

auch in seinem Gesichtsausdruck nicht verbergen konnte. Sie merkte seine Verlegenheit und suchte gleich das Gespräch: „Ursprünglich hatte ich vor, mir die Darbietungen in der Atlantik-Show-Lounge anzusehen. Doch als ich kam, waren leider alle Plätze besetzt. Zum Glück gibt es hier viele Alternativen. Man muss eben flexibel sein, dann geht alles. Wir sind doch hier auf einem tollen Schiff." „Dem kann ich nur zustimmen", erwiderte ihr Herbert, „ich habe mir dieses Schiff auch schon angesehen."
Die Bedienung kam und fragte: „Was möchten sie trinken?" Herbert schaltete sich ein und seiner Tischdame nun zugewandt: „Darf ich sie zu einem Glas Wein einladen?" Damit hatte sie nun wirklich nicht gerechnet. „Guter Mann, Sie überraschen mich. Wie komme ich zu dieser Ehre. Ja, ich nehme Ihre Einladung an." „Dann sind Sie heute Abend mein Gast. Aus welchem Anbaugebiet soll denn der Wein sein", wollte Herbert nun wissen. „Bitte einen Württemberger Trollinger." „Ja, dann bringen Sie uns eine Flasche Trollinger Spätlese." Die Serviererin nahm die Bestellung auf und entfernte sich. „Mich entschuldigen Sie jetzt bitte einen Augenblick." Sie nahm ihr Täschchen und entfernte sich in Richtung der Toiletten. Er konnte seine Blicke nicht von ihr lassen. „Das ist bestimmt ein Model", waren seine Gedanken. „Ich hätte nicht gedacht, dass sich so eine hübsche Frau einmal zu mir an meinem Tisch setzen wird", er konnte es kaum glauben. „Hoffentlich bekomme

ich nachher keinen Korb, wenn ich sie zum Tanz auffordere." „Die Zeit, weiter darüber nachzudenken, hatte er nicht. Nach etwa zehn Minuten kam sie wieder zurück. Auch die Männer an den anderen Tischen schauten ihr nach. „Ja, sie ist etwas Besonderes." Ihr Alter einzuschätzen, ist unmöglich. Groß und schlank ist sie, hat langes, sehr gepflegtes brünettes Haar. Mit einem Wort, „eine Frau zum Verlieben." Herbert war innerlich aufgewühlt. „Nun reiß dich mal zusammen", durchfuhr es ihn. Dann stand sie wieder vor ihm: „So, hier bin ich wieder", sie lächelte wie Mona Lisa und wollte sich setzen. Herbert sprang auf, richtete den Stuhl und sagte „Bitte sehr meine Dame." Sie bedankte sich mit einem Schmunzeln. Die Serviererin brachte den Wein und schenkte ein. „Meine Verehrte", sagte Herbert, „zuerst möchte ich mich Ihnen vorstellen: „Mein Name ist Herbert Kleinschmitt, aber sagen Sie einfach nur Herbert." „Nun, ich heiße Vera Kuss und für Sie gilt das Gleiche, einfach nur Vera." Herbert nahm sein Glas: „Verehrte Vera, auf den heutigen Abend! Sehr zum Wohle." „Ja, auch von mir, sehr zum Wohle." „Wenn jetzt die Band wieder beginnt zu spielen, was mach ich nur? Der gute Stil gebietet es, nach einer Damenwahl sich zu revanchieren. Andererseits ist es meine Pflicht, zuerst meine Tischdame um den Tanz zu bitten. Hier ist guter Rat teuer." Vera merkte, dass Herbert in seinem Inneren um etwas kämpfte. Sie schaut ihn an: „Na, was bedrückt Sie, darf ich es wissen?" Herbert druckste herum. Dann aber fasste er sich ein Herz und sagte:

„Vera, als Sie vorhin kamen, hatte ich mich gerade von einer Damenwahl kommend, wieder hingesetzt." „Herbert, Sie brauchen gar nicht weiterreden, ein Mann der alten Schule weiß was sich gehört. Wenn die Band wieder spielt, gehen Sie nur und fordern Sie die Dame auf. Ich hoffe doch, dass wir hier noch ein Weilchen sitzen und so wie ich Sie einschätze, werden wir nicht zu kurz kommen." Die Band begann zu spielen. „Gehen Sie nur, sie wartet." Tatsächlich, als Herbert sich ihr näherte, stand sie bereits auf. „Das ist aber nett von Ihrer Frau, dass sie es Ihnen gestattet, mich aufzufordern." Sie legte sich in seine Arme und genoss diese drei nun folgenden Tänze. „Wie soll ich es ihr nur beibringen, dass Vera nicht meine Frau ist." Dann sagte er sich wieder: „Ich bin ihr doch keine Rechenschaft schuldig, also was soll es." Vera beobachtete sie und es blieb ihr auch nicht verborgen, wie sich die Dame in seine Arme legte. Gesprochen hat Herbert kaum mit ihr. In seinen Gedanken war er ohnehin bei Vera. Wie schon bei der Damenwahl, brachte Herbert seine Partnerin zu ihrem Tisch und bedankte sich. Mit einer Kehrtwendung steuerte er dann wieder seinem Tisch entgegen. Vera lächelte und reichte ihm ein Papiertaschentuch. „So, das habe ich jetzt hinter mir", nahm das Taschentuch und tupfte sich die auf seiner Stirn sichtbaren Schweißperlen ab. „Nun setzen Sie sich erst einmal, es wird Ihnen guttun." Vera hob ihr Glas und prostete ihm zu. Auch Herbert nahm sein Glas und sagte: „prost." „Laut unserem Fahrplan legen wir um 8:00 Uhr in Kopenhagen an. Es soll ja eine sehr schöne Stadt sein. Waren Sie schon einmal dort?" „Nein", sagte Vera, „ich lasse mich überraschen." „Vera, ich habe mir bei der Rezeption ein Taxi bestellt und möchte unabhängig von allem anderen, individuell die Stadt erkunden. Wenn es Ihnen recht ist, kommen Sie mit, ich lade Sie ein." Einen Augenblick überlegte Vera: „Herbert, Ihr Angebot ist toll. Ich schließe mich Ihnen auch gerne an, aber nur unter einer Bedingung: Jeder trägt seine Kosten!" „Vera, dieses Angebot habe ich Ihnen ohne jeden Hintergedanken gemacht und das soll auch so bleiben. Ich bin und das müssen Sie mir glauben, im Augenblick in einer Stimmung, in der ich die ganze Welt umarmen könnte." „Das müssen Sie mir jetzt aber erklären, sonst glaube ich es Ihnen nicht." „Nun, das ist schnell erklärt: Mein letztes Buch, das ich geschrieben habe, hat nach langem Mühen ein Verlag angenommen und mit einem für mich großen Erfolg veröffentlicht. Sehen Sie, so einfach ist die Erklärung." Mit „Tanze mit mir in den Morgen" begann die Band wieder zu spielen: „Vera, darf ich bitten?" Herbert rückte den Stuhl wieder zurecht und führte sie zur Tanzfläche. Jetzt legte sich Vera in seine Arme und ließ sich führen. „Herbert", sagte sie nach dem ersten Tanz, mit Ihnen zu tanzen ist ein Genuss. Jetzt kann ich es auch verstehen, warum sich die Dame vorhin so angeschmiegt hat." „Ich tanze gerne", sagte Herbert, „man muss aber auch die Gelegenheit dazu haben. In meinem Alter geht man nicht mehr in die Disco." Es wurde für Beide ein wunderschöner Abend. Um Mitternacht bat Vera darum, die Kabinen aufzusuchen. „Es ist doch besser", sagte sie, „wenn man am anderen Morgen ausgeschlafen ist." „Okay", erwiderte Herbert, „ich begleite Sie bis zu Ihrer Kabine und dann sehen wir uns um 8:00 Uhr im Restaurant Artania zum Frühstück wieder. Ich hoffe, Sie sind einverstanden." „Okay", sagt Vera, „bis morgen."

Kapitel -19-

Schon vor Sonnenaufgang, der im Tagesprogramm für 6:08 Uhr angegeben war, herrschte auf dem Schiff ein reges Treiben. Die Rundum-Promenade wurde von einigen Passagieren genutzt, um sich mit Frühsport auf den Tag einzustimmen. Andere wiederum wollten den Sonnenaufgang genießen. Laut Tagesprogramm für den 30. August sollte die Artania so gegen 8:00 Uhr in Kopenhagen anlegen. Karin und Petra waren ebenfalls früh aufgestanden.

„Komm", drängelte Karin, „lass uns hinuntergehen und frühstücken. Wir haben doch „Kopenhagen zu Land und zu Wasser" gebucht. So wie ich es vernommen habe, zählen wir mit unserem Landgang zu denen, die das Schiff zuerst verlassen." „Ja, ich beeile mich ja schon", antwortete Petra. Das Buffet war wieder wie am Vortage, eine Augenweide. „Ich wünsche einen guten Appetit", sagte jede der anderen. Doch dann auf einmal, Karin schaute Petra an: „Sag mal, wir haben doch jetzt schon einige Aufnahmen gemacht. Wie sieht es bei dir mit deiner Kamera aus, sind deine Akkus geladen? Ich möchte nicht, dass wir mit einmal keine Aufnahmen mehr machen können." „Mach dir mal keine Sorgen, mit der Kamera ist aller in Ordnung", erwiderte Petra. Nach dem Frühstück suchten sie noch einmal ihre Suite auf und richteten sich für den Landgang. Sie verließen das Schiff, gingen die Gangway hinunter und sahen die schon zur Abfahrt bereitstehenden Busse. Nun hieß es nur noch einsteigen, die Fahrt kann beginnen. Die Stadtrund-fahrt führte sie vorbei an Schloss Christiansborg, an Schloss Rosenborg und an Schloss Amalienborg. Sie sahen den Rat-hausplatz und den Vergnügungspark Tivoli. Bei der klei-nen Meerjungfrau wurde ein weiterer Fotostopp eingelegt. Am Kai endete dann die Busfahrt. Um nun Kopenhagen von der Wasserseite zu sehen, mussten sie in die bereitste-henden Ausflugsboote umsteigen. Nun bekamen Karin und Petra Kopenhagen von der schönsten Seite zu sehen. Durch verwinkelte Kanäle, vorbei an farbenprächtigen Ge-bäuden, die teilweise schon im 17. Jh. erbaut wurden, ging es wieder zurück zur Anlegestelle. Dort wartete bereits wieder der Bus. Bei allem was sie sahen und was ihnen ge-fiel, Petra aber schaute immer, wenn sie eine Ausflugs-gruppe sah, bei der die Leiterin das Schild „Artania" in die Höhe hielt, ob er eventuell dabei ist.

Gegen 16:30 Uhr hatten sie wieder die Artania erreicht. Er-müdet von den vielen Stunden beschlossen sie, zunächst eine Stunde zu ruhen.

Kapitel -20-

Pünktlich um 8:00 Uhr betrat Herbert das Restaurant Artania. Zuerst vergewisserte er sich, ob Vera nicht schon vor ihm das Restaurant betreten habe. Herbert schaute sich um, konnte sie aber nicht sehen. Dann sah er wie ein Pärchen einen am Fenster stehenden Tisch verließ. Sofort begab er sich dort hin. Die Bedienung kam, richtete den Tisch und fragte: „Möchten Sie Tee oder Kaffee?" „Einen Moment möchte ich noch warten, es kommt noch eine weitere Person." Die Bedienung entfernte sich. Wenige Minuten dauerte es noch. Herbert schaute zur Tür. Seinen Augen traute er nicht. Chic und sportlich kam Vera ihm entgegen: „So, hier bin ich! Guten Morgen mein Lieber und einen guten Appetit wünsche ich." Herbert musste erst einmal Luft holen. „Die Frau überrascht mich schon wieder, was soll das noch werden?", fragte er sich. „Danke, ich wünsche dir auch einen guten Appetit." Die Bedienung kam wieder und fragte: „Was möchten sie trinken?" „Kaffee bitte", sagte Vera und schaute Herbert an. Von ihm kam nur ein: „ja bitte." „Dann komm", ermunterte ihn Vera, „wir gehen zum Büffet." Unbewusst und ohne Ziel nahm sich Herbert sein Frühstück. In seinem Inneren konnte er nichts mehr einordnen, er wusste nicht mehr wie ihm geschah. Während des Frühstücks sagte Vera auf einmal: „Herbert, ich glaube wir sind unbewusst beim DU gelandet. Macht nichts, wenn es dir auch recht ist." „Mir ist es recht", sagte

Herbert. „Den DU-Kuss bekommst du aber erst heute Abend von mir", ein Lächeln wie Mona Lisa, überstrahlte wieder Veras Gesicht. Dieses Lächeln gab ihm den Rest. Jetzt wusste er gar nicht mehr wer er war! Vera schaute Herbert an: „Du armer Kerl, jetzt habe ich dich vollends durcheinandergebracht. Aber sei beruhigt, ich will nicht mit dir spielen, dafür bist du mir zu wertvoll", Sie hatten gefrühstückt. Vera nahm seine Hand und sagte: „Von mir aus können wir zum Taxi gehen." Sie gingen die Gangway hinunter, der Wagen stand vor ihnen. „Wohin soll es denn gehen", fragte der Fahrer. „Nun, das kommt ganz darauf an, was es kostet. Wir müssen spätestens um 17:30 Uhr wieder hier bei unserem Schiff sein, um 18:00 Uhr legt die Artania ab." Der Taxifahrer schaute auf die Uhr: „Das sind 7 Stunden", murmelte er vor sich hin. „Sind Sie mit 150,00 Euro einverstanden?" „Ja, dann fahren Sie uns zu den schönsten Plätzen und Sehenswürdigkeiten dieser Stadt. Sie kennen doch Ihre Stadt am allerbesten. Es soll nicht Ihr Schaden sein." „Bitte, dann steigen Sie ein." Sie waren unabhängig. Der Taxifahrer überlegte einen Moment, dann sagte er: „Ich habe für meine Fahrgäste eine Stadtrundfahrt zusammengestellt. Es sind ca. 4,5 Stunden. Hinzu kommen die Minuten, wenn wir zu einem Fotostopp die Fahrt unterbrechen, die Sie bestimmen. Ich werde Ihnen aber bei der Auswahl behilflich sein." Viele Aufnahmen haben beide gemacht. Auf jedem Bild musste der Andere zu sehen sein und natürlich die vielen Selfies. Diese schöne aber auch rätselhafte Frau wollte er mit ihrem gesamten Erscheinungsbild auch für spätere Jahre festhalten. Nicht unweit ihrer letzten Station, der Meerjungfrau, war eine kleine Parkanlage. Zugegeben, während der gesamten Fahrt hatte Herbert Momente in denen er glaubte, aus einem Traum zu erwachen. Herbert hatte sich diese Stadtrundfahrt zunächst etwas anders vorgestellt. „Die letzten 24 Stunden, wie und wo soll ich diese in meinem Leben einordnen?" Ständig hatte er mit sich zu kämpfen. Vera beobachtete sein Verhalten und wie am Abend zuvor merkte sie, dass er wieder in seinem Inneren mit sich uneins war. „Herbert", sagte sie, „komm, soviel Zeit muss sein. Dort steht eine leere Bank. Wir werden eine kleine Pause einlegen. Ich glaube, wir waren lange genug auf den Beinen."

Sie setzten sich und für einige Minuten herrschte absolute Stille. Vera schaute auf die Uhr: „Ich glaube, ein halbes Stündchen haben wir noch. Diese Zeit möchte ich jetzt und hier nutzen, um dir ein ganz großes DANKE zu sagen." Herbert horchte: „Danke, wofür?" „Herbert, wir kennen uns, genau gerechnet, noch keine 24 Stunden und trotzdem muss ich dir gestehen, dass du mir die schönsten Stunden meines Lebens seit einigen Jahren geschenkt hast." „Liebe Vera, du hast mir in den vergangenen Stunden ein Rätsel nach dem anderen aufgegeben, aber jetzt setzt du allem die Krone auf.

Ich bin am Ende meiner Weisheit! Was ist mit dir?" „Ich hoffe du bist mir nicht böse, wenn ich jetzt frei von der Leber erzähle: Ja, ich bin verheiratet. Nein, ich habe keine Existenzsorgen. Mein Mann ist in leitender Stellung und ist mehr mit dem Unternehmen wie mit mir verheiratet. Diese Schiffsreise haben wir seit Jahren mal wieder gemeinsam genießen wollen. Leider wurde er zwei Tage vor der Einschiffung wieder abberufen. Er sagte mir, fahre du alleine und genieße diese Kreuzfahrt. So, nun hoffe ich, dich nicht enttäuscht zu haben." Vera gab ihm einen Kuss: Siehst du, jetzt hast du ihn doch früher bekommen," und lachte. In Herberts Innerem gab einen „Böllerschlag". Ja, es waren die Steine, die ihm vom Herzen fielen.

„Entschuldigen Sie bitte", hörten sie auf einmal eine Stimme. Es war der Taxifahrer. „Kommen Sie bitte, auf unserer Strecke gibt es einen Stau. Ich muss einen Umweg fahren. Wenn wir nicht sofort aufbrechen, legt das Schiff auch ohne Sie ab." Die Unterhaltung der beiden nahm ein jähes Ende. „Es hätten aber auch keine 15 Minuten später sein dürfen", sagte der an der an der Eingangskontrolle stehende Steward. Das Schiff hätten sonst ohne Sie abgelegt. „Tut mir leid, aber wir standen im Stau", erwiderte Herbert. Sie gingen zum Fahrstuhl. „Sehen wir uns zum Abendessen?" „Ja, wie heute zum Frühstück. Ich möchte mich aber gerne noch eine halbe Stunde ausruhen", erwiderte Vera, „sagen wir 19:30 Uhr." Im Fahrstuhl drückte Vera die 7.

Kapitel -21-

So gegen 16:30 Uhr hatten sich auch alle anderen Passagiere wieder eingefunden. Nur Herbert und Vera, die mit dem Taxi unterwegs waren und in einen Stau gerieten, kamen, wie man so schön sagt, auf den letzten Drücker. Petra und Karin hielten sich derweil in ihrer Suite auf. Petra war auf dem Balkon und schaute über die Reling. Sie sah, wie ein Taxi mit einem nicht gerade langsamen Tempo angefahren kam. „Na, der hat es aber eilig", sie schaute auf die Uhr 17:25 und stellte fest, das Schiff legt ja auch schon in 30 Minuten ab. Ein Mann und eine Frau stiegen aus dem Taxi und gingen die Gangway hinauf. „Karin komm mal ganz schnell", rief sie, „dort unten ist er wieder, aber mit einer Frau!" Doch als Karin kam, hatten der Mann und die Frau bereits wieder das Innere der Artania erreicht. Das Bordpersonal holte bereits die Gangway wieder rein. „Wenn er es wirklich war", bemerkte Karin, „dann weißt du jetzt auch, dass er verheiratet ist. Die Bilder vom Kapitänsempfang sehen wir ja nach der Show in der Fotogalerie ausgestellt. Jetzt meine Liebe, sollten wir erst einmal an das Abendessen denken und uns chic machen." Trotz allem, Petra hatte mehrere Schmetterlinge im Bauch.

„Was ziehen wir heute an", das war ein weiteres Mal die Frage und musste gelöst werden. Nach einigem Probieren einigte man sich auf eine weiße Hose und die dazu passende blaue Bluse. Jetzt noch der umgarnende Duft, dann können wir gehen. Kurz nach 18:00 Uhr saßen auch sie an ihrem Tisch und konnten Speisen. Wie am Vorabend, wählten sie auch heute wieder den Wein. Den Gaumen verwöhnten sie mit Entenbrust und Rotkohl und zum Nachtisch gab es den Gemischter Eisbecher mit Erdbeersauce.

Nach dem Abendessen suchten sie die Show Lounge auf. Später hätten sie nicht kommen dürfen. Durch Glück bekamen sie noch zwei Plätze. Karin und Petra gingen die Show Lounge zwei Absätze hinunter, als ein Pärchen aufstand und ihnen sagte: „Nehmen Sie unsere Plätze, mein Mann möchte an die frische Luft." Karin und Petra bedankten sich. Die Show dauerte ca. zwei Stunden. Verschiedene Künstler hatten ihren Auftritt. Der Abend auf dem Schiff war insgesamt bis tief in die Nacht mit weiteren Unterhaltungsmöglichkeiten gespickt. Petra aber drängte darauf, nach der Show zuerst den Foto Shop aufzusuchen.

Kapitel -22-

Ihr Vorhaben, sich noch vor dem Abendessen eine Stunde von den Strapazen auszuruhen, können Beide nicht in die Tat umsetzen. Vera und auch Herbert hatten nun einen Punkt erreicht, wo jeder vom anderen mehr wissen wollte. Eine Neugier machte sich breit.Vera stand vor ihrem Ankleideschrank, öffnete ihn und sah die vielen schönen Kleider, Blusen, T-Shirts und Hosen. „Ja, wenn er jetzt hier wäre", in Gedanken war sie bei ihrem Mann. Doch dann auf einmal, Gefühle die sie nicht erklären konnte, durchfuhren ihren Körper. „Ich muss mehr von ihm wissen", war ihre Überzeugung, „es wird bestimmt etwas geben was mich davor bewahrt, dass ich mich in ihn verliebe." Sie kämpfte mit sich. Um all diese Gedanken wieder loszuwerden, beschloss sie nun: „Jetzt mache ich mich aber erst einmal chic." Sie probierte einige Kleidungsstücke. „Eine weiße Hose und dazu das passende blaue T-Shirt, ja das ziehe ich an." Zufrieden ging sie ins Bad. „So jetzt noch der umgarnende Duft, dann bin ich fertig." Herbert hatte sich zwar aufs Bett gelegt, an schlafen war aber nicht zu denken. Jetzt, wo sich Vera ihm offenbarte, versuchte er in aller Ruhe, alles was er in der doch kurzen Zeit erlebt hatte, richtig einzuordnen. Es wollte ihm aber nicht gelingen. Es waren noch zu viele Fragen offen. „Heute nach dem Abendessen", so ging es ihm durch den Kopf, „wird sie mir wohl alle meine noch offenen Fragen beantworten. Ein guter

Wein wird uns dabei behilflich sein." Herbert ging ins Bad und richtete sich für den Abend. Pünktlich begab er sich zum Fahrstuhl. Per Knopfdruck wollte er gerade diesen kommen lassen, als Vera um die Ecke kam. „Donnerwetter", sprudelte es aus ihm heraus, „bist du hübsch. Auf diesem Schiff kann dir keine das Wasser reichen."

„Herbert, schau du in den Spiegel, dann weißt du warum ich mich so feingemacht habe, nur für dich." Der Fahrstuhl kam und beide gingen hinein. Vera drückte Deck 3. Ihren Tisch bekamen sie auch wieder. „Meine Deern", sagte Herbert als die Vorspeise serviert wurde, „ich wünsche dir einen guten Appetit." Vera strahlte über das ganze Gesicht und antwortete: „Ich dir auch, min Jung." Vom Küchenchef ließen sie sich ein weiteres Mal verwöhnen. „Vera", sagte Herbert, „wenn wir nachher gegessen haben, möchte ich mich mit dir noch gerne in die Bodega Bar setzen und noch ein Gläschen Wein trinken, bist du damit Einverstanden?" „O ja, ich habe auch noch Fragen an dich. Vorher holen wir uns aber noch die Bilder vom Kapitänsempfang." Nach gut einer halben Stunde war es dann so weit. Die Tafeln mit den ausgestellten Bildern standen vor ihnen. Nach 5 Minuten suchen, hatte jeder seine Bilder.

Kapitel -23-

Es war bereits nach 22:00 Uhr als Karin und Petra aus der Show-Lounge kommend die Foto Galerie aufsuchten. Natürlich begann sofort die Suche nach ihren Bildern. „Petra, ich habe unsere Bilder", rief Karin. Doch Petra war auf der Suche nach ihm. Sie ging von einer Fotowand zur nächsten, ihren Herbert konnte sie aber nicht finden. Die Enttäuschung stand ihr ins Gesicht geschrieben. Karin beobachtete Petra und sah die Tränen in ihren Augen. „So geht das aber nicht weiter", war Karins Überzeugung. Sie nahm Petra in den Arm: „Komm, wir fahren hoch und dann erzählst du mir mal, was es denn mit diesem Mann nun wirklich auf sich hat und warum er dich so durcheinanderbringt." „Ja komm, lass uns gehen." Oben in ihrer Suite rief Karin ihre zuständige Stewardess: „Svetlana, bringen Sie uns bitte eine Flasche Spätburgunder vom Kaiserstuhl." Dann öffnete sie die Tür zum Balkon und Beide gingen hinaus.   Karin nahm Petra in den Arm:

„Schau hoch!

Sterne, die dort oben stehen,

sie alle kennen dein Verlangen.

Vertraue ihnen und du wirst sehen,

auch deine Wünsche werden

in Erfüllung gehen."

Ihren Tränen ließ Petra nun freien Lauf. Karin gab ihr ein Taschentuch. Zum wiederholten Mal klopfte es an der Tür ihrer Suite. Karin hörte es, ging und öffnete sie. Es war Svetlana, sie brachte den Wein. „Petra", rief Karin, „komm rein, du wolltest mir doch dein Herz ausschütten. Glaube mir, danach geht es dir bestimmt besser." Svetlana hatte alles vorbereitet und jeder ein Glas Wein eingeschenkt. Karin nahm ihr Glas: „Meine Liebe! Stoßen wir an auf ein gutes Gelingen. Wenn er hier auf diesem Schiff ist, werden wir ihn finden, das verspreche ich dir. PROST!"

„Petra und nun erzähle mir etwas über deine Jugendliebe und über den Mann, den du auch heute noch so liebst. Ich werde dir gespannt zuhören."

„Ich war damals noch keine fünfzehn. Zu einer Geburtstagsfeier waren mehrere verwandte und bekannte Familien eingeladen. Meine Eltern waren mit mir und Herbert war mit seinen Eltern dort anwesend. Wir Kinder hatten andere Interessen und bewegten uns abseits der übrigen Gesellschaft. So lernte ich Herbert kennen. er war älter als ich. Als wir uns dann das erste Mal gegenüberstanden merkten wir gleich, dass wir uns auf einer Wellenlänge befanden. Es wurde ein wunderschöner Nachmittag. Hiernach haben wir uns dann eine geraume Zeit nicht mehr gesehen. Es vergingen Wochen bis wir uns wiedersahen. An unserer Zuneigung änderte sich aber nichts. In den nachfolgenden Jahren war ich Herberts kleine Schwester; jedenfalls behandelte er mich so. Dann später sahen wir uns des Öfteren. Ich blieb aber immer seine kleine Schwester. Mit achtzehn wollte ich plötzlich nicht mehr nur seine kleine Schwester sein. So kam was kommen musste. Wir verliebten uns ineinander und zwar unsterblich. Ja, Herbert war mein erster Mann. Diese Entwicklung blieb den Eltern natürlich nicht verborgen. Mein Vater war Beamter, was meine Mutter sehr hoch einschätzte. Herberts Vater und auch er waren Bergleute. Also vom Standesdünkel meiner Mutter betrachtet, unmöglich! Ihrer Einstellung nach, sollte ich einmal einen Bessergestellten heiraten. Also, auf keinen Fall einen Bergmann. Als sei dieser Unterschied nicht schon groß genug, kam nun noch hinzu, dass die beiden Mütter sich nicht ausstehen konnten. Im Gegensatz zu den Vätern, die sich gut verstanden, setzten die Mütter alle Hebel in Bewegung, uns auseinander zu bringen. Meine Mutter sorgte dafür, dass Vater sich nach Süddeutschland versetzen ließ. Mir wurde strengstens untersagt, mich mit Herbert zu treffen. So vergingen die Jahre. Ich war doch erst achtzehn und selbst entscheiden konnte man doch erst ab dem 21ten Lebensjahr. Wie gerne hätte ich Kinder gehabt! Wie du siehst, stehe ich heute vor einem Scherbenhaufen und bin gerade dabei, wieder alles neu zu sortieren.

Kapitel -24-

Mit ihren Bildern in den Händen, gingen Vera und
Herbert in Richtung der Bodega Bar. Plötzlich hörten sie
eine Stimme: „Hallo Herr Kleinschmitt", sie drehten sich
um. Es war die Leiterin der Bibliothek, Frau Lich: „Entschuldigen Sie bitte! Herr Kleinschmitt, ich wollte Ihnen
nur sagen, dass ich Ihr Buch gelesen habe. Es gefällt mir
sehr gut. In unserer Bibliothek steht es bereits den Leserinnen und den Lesern zur Verfügung." „Das freut mich", erwiderte ihr Herbert, „DANKE"
In der Bodega Bar, die Bedienung kam und fragte: „Was
möchten sie trinken?" „Bitte eine Flasche Trollinger Spätlese", sagte Vera und schaute Herbert lächelnd an. „Heute
Abend bist du mein Gast und bitte keine Widerrede. Wir
hatten es so vereinbart!" „Einverstanden", erwiderte er,
„aber das nächste Mal bin ich wieder an der Reihe." Am
Tisch sitzend betrachteten beide ihre Bilder. „Schade",
sagte Vera,
„wenn wir zusammen mit dem Kapitän auf diesen Bildern
wären, hätten wir eine schöne Erinnerung."
Die Bedienung kam, brachte den Wein und schenkte ein.
„Sehr zum wohl", sagte sie und entfernte sich wieder. Auch
Vera und Herbert prosteten sich zu. „Sag mal, habe ich da
vorhin richtig gehört, du bist ein Buchautor? Das musst du
mir aber näher erklären." „Da gibt es eigentlich nicht viel
zu erklären. Gleich am ersten Abend sagte ich doch zu dir:

Ich könnte wegen meines Buchs, die ganze Welt umarmen. Das hast du wahrscheinlich überhört. In meiner Freizeit und davon habe ich jetzt als Ruheständler mehr wie genug, beschäftige ich mich mit dem Schreiben." „Ja und weiter?" „Versuch du es einmal, wenn du keinen prominenten Namen hast, einem Verlag dein Manuskript anzubieten, du wirst staunen. Unzählige Absagen habe ich bekommen. Bis vor ein paar Monaten. Ein Verlag schrieb mir unter anderem: „Sehr geehrter Herr Kleinschmitt, wir beziehen uns auf Ihr Manuskript (Und es entstehen blühende Gärten) usw. „Die Veröffentlichungsempfehlung unseres Hauses bestätigt, das Ihr Werk sich durch den kulturellen Wert seiner Botschaft für den Leser auszeichnet und zudem sprachlich und substanziell den Anforderungen des Buchmarktes gewachsen ist." „Herbert, ist doch wunderbar! Was willst du noch mehr?"

„Im mir zugesandten Vertrag stand aber, dass ich eine Eigenbeteiligung von EURO 4.000,00 aufzubringen habe. Dieses Risiko war mir zu groß. Zumal es doch mein erstes Buch war. Später einigten wir uns dann auf einen Betrag von 1.000,00 EU. Die Restforderung verrechneten wir dann mit meinem Honorar. Jetzt bin ich dabei und schreibe Kriminalromane." „Und wie verkauft sich das Buch?" Wollte Vera nun wissen. „Ich bin sehr zufrieden, inzwischen wurden schon über 30.000 Exemplare abgerechnet." „Mit dieser Entwicklung kannst du doch zufrieden sein." „Das bin ich auch!" Dann kehrte eine Pause ein. Beide ließen die vergangenen Stunden an sich vorüberziehen.

Er: „Sie hat sich mir zwar offenbart, aber was ist diese Offenbarung wert? Was wollte sie mir eigentlich sagen?"

Sie: „Dass ich noch Fragen habe, sagte ich ihm bereits. Also, worauf warte ich noch?"

Vera nahm ihr Glas, schaute Herbert an und sagte: „Lass uns den Rest dieser Reise genießen und stoßen wir an auf unser Wohl, PROST." Sie stellten ihre Gläser ab und Vera ergriff gleich das Wort: „Herbert, dass ich verheiratet bin, habe ich dir ja schon in Kopenhagen, als wir auf der Bank saßen, gesagt. Sei mir bitte nicht Böse wenn ich noch hinzufüge, ja, ich bin glücklich verheiratet und denke auch nicht an einen Seitensprung. Warum mein Mann nicht hier sein kann, habe ich dir auch gesagt. Ich habe meinem Mann auch schon am Telefon erzählt, dass ich dich kennengelernt habe und dass wir schon schöne Reisetage hatten. Worauf er mir sagte, dass er dich, wenn wir zurückkommen, gerne kennen lernen möchte. Natürlich nur, wenn du damit einverstanden bist. So, jetzt entscheide du, wie es mit uns weitergehen soll!"

„Meine liebe Vera, als junger Mann war ich einmal bis über beide Ohren verliebt. Es war eine einmalig schöne Zeit. Du bist eine wunderschöne Frau! Wenn ich dich ansehe denke ich immer, so würde sie heute auch aussehen, meine Petra. Mich hast du mit deinem Erscheinungsbild und deinem

Scharm, von der ersten Sekunde an, unglaublich beeindruckt. In den ersten Minuten hat es mir sogar die Stimme verschlagen. Zum Glück habe ich mich, dank deiner Hilfe, dann schnell wieder gefangen. Ich danke dem Himmel, dass ich dich kennenlernen durfte! Jeder Tag mit dir, ist ein Geschenk für mich. Liebe Vera, du hast gesagt, ich soll entscheiden wie es mit uns weitergehen soll.

Ich habe entschieden: Bitte lass uns Freunde bleiben!"

„Ist es dir Unangenehm wenn ich dich darum bitte, mir etwas über deine Liebe aus jungen Jahren zu erzählen?" „Warum sollte es? Ich träume heute noch davon.

Ich war ein junger Mann und meine Petra wurde fünfzehn. Sie war für mich meine kleine Schwester. Kennengelernt haben wir uns bei einer Geburtstagsfeier. Dass wir auf einer Wellenlänge schwammen, erkannten wir sehr schnell. Petra wurde achtzehn. Langsam aber sicher merkte ich, sie wollte nicht mehr nur meine kleine Schwester sein. So kam was kommen musste. Wir verliebten uns unsterblich ineinander. Ja, ich war ihr erster Mann! Gerne hätten wir geheiratet."

„Und was stand dagegen?" „Der Standesdünkel ihrer Mutter!! Mehr möchte ich dazu nicht sagen. Nur um uns auseinander zu bringen, ließ sich ihr Vater nach Süddeutschland versetzen. Sie war eben ein Mädchen und noch keine einundzwanzig. So verloren wir uns aus den Augen."

„Ja gibt es denn so etwas?" „Heute vielleicht nicht mehr, aber damals? Das waren andere Zeiten! Nach zehn Jahren habe ich dann durch Zufall und über sieben Ecken erfahren, dass auch sie Jahre später geheiratet hat. Ihren Nachnamen als Ehefrau kannte dieser Vertreter nicht.

Übrigens, verheiratet war ich auch. Meine Ehe wurde vor zehn Jahren geschieden. Ich habe sogar eine Verehrerin. Meine Nachbarin, wie gerne würde sie alles für mich tun."

„Ich kann mir das sehr gut vorstellen. Ich bin sogar davon überzeugt, dass du mehrere Verehrerinnen hast. Du weißt es nur nicht. Bei deinem Aussehen, oder wie du so schön sagst, Erscheinungsbild! Vor allem aber, bei deinem Scharm. So, jetzt ist Schluss mit der Lobhudelei." Vera lachte, „Bei einem Mann soll man es nicht übertreiben."

Kapitel -25-

Seit der Einschiffung in Bremerhaven sind inzwischen fünf Tage vergangen. Pünktlich wie im Tagesprogramm für den 2. September angegeben, erreichte die Artania um 7:00 Uhr den Hafen von Turku in Finnland. Auch hier wurden drei Ausflugsziele angeboten. Für Passagiere die einen Land-gang gebucht hatten, war 13:00 Uhr der letzte Termin zur Einschiffung. Vom 1. auf den 2. September mussten die Uhren an Bord 1 Stunde vorgestellt werden. Die Nacht war also um eine Stunde kürzer.

Petra und Karin hatten sich für das Sibelius-Museum und das sehenswerte Aboa Vetus, das Alt-Turku gewidmet ist, entschieden. Sportlich gekleidet gingen sie die Gangway hinunter. Der Bordfotograf machte auch hier seine Bilder. Plötzlich hatte Karin eine Idee. Sie ging zu ihm: „Entschul-digen Sie bitte, darf ich Sie etwas fragen." „Ja bitte", sagte der Bordfotograf, „was haben Sie auf dem Herzen?" „Bei den vielen Bildern die Sie machen, haben Sie doch auch be-stimmt ein Nachschlagewerk? Ich suche ein Bild, dass Sie beim Kapitänsempfang gemacht haben." „Natürlich, kom-men Sie heute Abend zu mir. Im Foto Shop können Sie sich alle Bilder in Ruhe ansehen." „Danke", sagte Karin, „wir werden kommen."

„Petra, was hältst du davon, wenn wir uns heute Abend, nach dem Abendessen in die Bodega Bar setzen? Dort findet eine Weinprobe statt." „Ja das können wir, aber dann müssen wir uns bis 12 Uhr bei der Rezeption anmelden. Im Tagesprogramm wurde doch extra darauf hingewiesen." „Entschuldige, das habe ich übersehen." „Karin ich würde vorschlagen, dass wir aber vorher zum Foto Shop gehen und uns dort die Bilder ansehen. Du hattest ihm doch gesagt, dass wir kommen."

Gut gelaunt und voller Spannung machten sie sich am Abend auf den Weg zum Foto Shop. „Hallo", sagte Karin, „ich habe heute Morgen mit Ihrem Kollegen gesprochen und gefragt, ob wir die Bilder vom Kapitänsempfang noch einmal sehen könnten." „Kommen Sie, er hat mir Ihren Besuch angekündigt." Die junge Kollegin legte den Beiden einen Ordner hin und sagte: „Hier finden Sie alle Aufnahmen, die wir gemacht haben. Geordnet sind alle Bilder in der Reihenfolge, wie die Passagiere vom Kapitän und vom Kreuzfahrtdirektor begrüßt worden sind. Insgesamt gibt es vier solcher Ordner." „Ach du lieber Gott", mehr konnten sie nicht sagen. „Sagen Sie, besteht die Möglichkeit, dass wir den Ordner mitnehmen können? Wenn wir das gesuchte Bild gefunden haben, bringen wir ihn sofort wieder zurück. Hier ist meine Bordkarte, „Suite 8327 Sansibar." Bevor die junge Frau antworten konnte, hatte Petra den Ordner geöffnet. Sie schaute sich die einzelnen Bilder an. Schon beim zehnten Bild, es war eine einzelne Person. Es stockte ihr der

Atem, sie hatte das Bild von ihrem Herbert! „Karin, Karin ich habe sein Bild!"

Stolz hielt sie es in die Höhe. „Dann hat sich wohl bei Ihnen alles erledigt", sagte die Mitarbeiterin vom Foto Shop. „Dieses Bild nehme ich." Zur Abrechnung reichte Petra der Mitarbeiterin ihre Bezahlkarte: „Rechnen Sie das Bild bitte über diese Karte ab."

Sie war die glücklichste Frau auf diesem Schiff.

„Siehst du", sagte Karin, „Amor kennt dein Verlangen." Petra war aufgeregt. „Komm, wir schauen nach ob von der heutigen Ausschiffung ein Bild von ihm dabei ist. Wenn ja, dann stecken wir mein Bild dahinter. Ich will nur auf meinem noch ein paar Worte schreiben." Sie gingen in Harry's Bar.

Wenn auch die Jahre vergehen,
einmal sehen wir uns wieder!
Ich habe dich gesehen,
hier!
Auf diesem Schiff.
Deine Petra und Prinzessin

Mit den aktuellen Aufnahmen der heutigen Ausschiffung war die Foto Galerie bestückt. Kaum fähig sich zu bewegen, stand Petra vor Herberts Bild. Sie konnte einwandfrei erkennen, dass Herbert und die ihm folgende Frau zusammengehören. Ein Stich durchbohrte ihr Herz. „Karin, komm schau dir das an, die Beiden gehören doch zusammen, oder?" Karin musste dem zustimmen. Petra wollte gerade ihr Bild hinter Herberts Bild stecken, als sie eine weitere Person bemerkte.

Kapitel -26-

Vera und Herbert entschieden sich, die Burg von Turku mit dem Historischen Museum zu besichtigen. Herbert wollte, wie immer, unabhängig sein. „Vera, lass uns bitte ein Taxi nehmen. Wir müssen ja nicht wieder bis zur letzten Minute warten." „Von mir aus gerne." Von der riesigen Burganlage und vor allem auch vom Historischen Museum waren beide sehr beeindruckt. Pünktlich hatten sie sich wieder zur Einschiffung eingefunden. Anschließend nahmen sie ihre Mahlzeit im Lido Buffet-Restaurant ein. „Heute merke ich es schon in meinen Beinen. Herbert, hättest du etwas dagegen, wenn ich mir dein Buch hole und lese?" „Was sollte ich dagegen haben? Ich könnte dann auch etwas schreiben und am Abend sehen wir uns dann wieder im Artania."
Vera suchte die Bibliothek auf:
„Donnerwetter" dachte sie, als sie diese sah, „die haben ja hier ein tolles Angebot." Vera suchte und suchte, aber Herberts Buch fand sie nicht. „Ob er mir böse ist, wenn ich ihn störe?" Egal, es waren ja nur ein paar Schritte bis zu seiner Kabine. Sie klopfte und hörte ein „Ja bitte." Vera öffnete die Tür:
„Herbert, entschuldige bitte, dein Buch kann ich nicht finden." „Moment", sagte er, nahm ein neues Buch und signiertes es:

Meine liebe Vera,
dieses Buch soll dich an
eine wunderschöne Ostsee Kreuzfahrt
und an eine aufrichtige Freundschaft
erinnern.
Ich verneige mich vor dir!

MS Artania auf See, 2. September 2011

Herbert Kleinschmitt

„So meine Liebe, dieses Buch schenke ich dir. Ich wünsche
dir bei der Lektüre Spannung und eine angenehme Unterhaltung. Bitte sehr" „Danke", sagte Vera und gab ihm einen deftigen Kuss auf den Mund.

Aufgeregt und auch nervös verbrachte Vera den Nachmittag. Sie hatte soeben die Widmung gelesen und war von ihrem Inhalt zutiefst beeindruckt. „Diese Worte hörte sie
noch von keinem Mann. Mit Herberts Buch in den Händen
durchschritt sie ihre Suite. Mal war sie auf dem Balkon, mal
stand sie vor ihrem Sessel, in dem sie sich setzen wollte um
zu lesen. Ja, diese Widmung die hatte es ihr angetan. Zu
ihrem eigentlichen Vorhaben, Herberts Buch zu lesen, kam
sie gar nicht. Doch dann, ein Gedanke der in ihrem Herzen
niemals Gehör finden sollte, schaffte den Durchbruch! Vera
führte ein Selbstgespräch: „O Gott Amor, was fühle ich,
zwei Herzen schlagen nun in meiner Brust. Sag mir, wie

soll ich das verkraften? Lieb nur den Einen ich, so müsst ich mich zerreißen. Bitte hilf mir!"

Herbert hatte den Nachmittag genutzt, um sich für später einige Stichpunkte aufzuschreiben. Nachdem er sich seine Notizen gemacht hatte, kam ihm der Gedanke mal wieder in die Pazifik-Lounge zu gehen und dort mit Vera eine kesse Sohle aufs Parkett zu legen. „Ich werde sie fragen, hoffentlich sagt sie ja." Er nahm den Hörer und rief Vera an: „Ja bitte Vera Kuss hier, worum geht es?" „Hallo Vera, ich bin es, Herbert. Ich würde gerne mal wieder mit dir die Pazifik-Lounge aufsuchen und dann so richtig das Tanzbein schwingen. Würde es dir zusagen?" „Ja, dagegen hätte ich nichts einzuwenden. Wir müssten dann aber schon zusehen, dass wir um 18:30 Uhr das Abendessen einnehmen." „Okay, ich klopf so kurz vor 18:30 Uhr an deine Tür. Dann können wir gemeinsam hinunterfahren."

Herbert sollte staunen. Vera hatte sich zu diesem Event ihr schönstes Kleid angezogen. Vor allem aber wollte sie, dass alle anderen Männer, wenn Herbert mit ihr über die Tanzfläche schwebt, Herbert beneiden.
„Noch einmal in den Spiegel schauen", dachte Vera, „dann bin ich fertig." Es klopfte jemand an ihre Tür.
„Ich komme", rief Vera. Sie nahm ihr Täschchen und öffnete die Tür: „Hier bin ich! Nimmst du mich so mit?" Der Gang zu den Kabinen und zu den Suiten erleuchtete, so

strahlte Herbert. „Vera, du bist schön, nein, du bist schöner als Mona Lisa!"

„Komm lass uns gehen", ermunterte Vera.

„Vera, ob du es mir nun glaubst oder nicht, mir ist als sei es heute ein ganz besonderer Abend für mich. Würdest du bitte nach dem Abendessen die Foto Galerie aufsuchen und schauen, ob die heute gemachten Bilder schon ausgestellt sind? Wir haben doch noch nie welche machen lassen. Ich fahre dann schon einmal hoch in die Pazifik-Lounge und sehe zu, dass wir einen vernünftigen Tisch bekommen."

Kurz nach 20:00 Uhr, sie hatten zu Abend gegessen, machten sie sich auf den Weg.

Kapitel -27-

Mit ihrem Bild in der Hand standen Petra und Karin nun vor dieser großen Bilderwand. Dass die hinter ihnen stehende Dame ebenfalls nach einem Bild suchte, nahmen sie nicht einmal zur Kenntnis. „Darf ich mir diese Bilder hier auch einmal ansehen", fragte auf einmal diese Dame. Petra war in sich gekehrt und überrascht. „Aber natürlich erwiderte sie", und ging zur Seite. Karin hingegen sah, dass es sich bei dieser Dame um die Person handelt, die auf Herberts Bild, hinter ihm gehend zu sehen ist. Ohne auch nur einen Augenblick zu zögern, griff nun Vera nach Herberts Bild. „O, entschuldigen Sie bitte", hakte Petra gleich ein, „aber ich wollte gerade mein Bild an dieses Bild anheften." „Wieso an dieses Bild anheften? Sind Sie mir bitte nicht böse, aber wie kommen Sie überhaupt dazu?" Vera war ein wenig ungehalten. „Das ist eine lange Geschichte", erwiderte Petra, „wenn ich sie Ihnen hier erzählen sollte, glauben Sie mir, es fehlt uns die Zeit dazu", In Petra kamen wieder Erinnerungen hoch. „Wissen Sie", erwiderte Vera, „wenn ich mit diesem Herrn die Tanzfläche betrete, beneiden mich die Frauen." „Wieso mit diesem Herrn? Ich dachte er sei ihr Ehemann!", erleichternd sprach Petra diese Worte. „Leider nein, wir lernten uns auch erst hier auf diesem Schiff kennen." „Ach so", bemerkte Petra, „Kennen Sie denn diesen Herrn?", fragte nun Vera. Was Petra mit „ja" beantwortete. „Dann muss ich Ihnen jetzt diese Frage stellen: „Sind Sie zufällig Petra?", Herberts große Liebe aus jungen Jahren. „Wie kommen Sie denn jetzt auf einmal darauf?" „Nun, laut Herberts Erzählungen wären Sie mir dann keine Unbekannte." „Ja, ich bin Petra." Im gleichen Augenblick musste Petra mitansehen, wie an Veras Wange eine Träne hinunterlief.

Still wurde es, niemand sagte mehr ein Wort. Zu hören waren nur noch die Stimmen derer, die auch ihre Bilder suchten.

„Und nun", unterbrach Karin das Schweigen, „wie soll es denn jetzt weitergehen?" Sie schaute in Petras und auch in Veras Augen. Petra strahlte und doch, es kamen Zweifel auf. Die Angst im Unterbewusstsein schürte sie. Petra zitterte am ganzen Körper.

Vera hingegen hatte allergrößte Mühen, ihre Tränen zurückzuhalten.

„Ich bin der Meinung", sagte Karin, „wir sollten unser Make-Up erneuern und dann den ahnungslosen Herbert überraschen. Wäre das auch in eurem Sinne?" Vera und Petra machte eine zustimmende Geste. „Gut, dann schreiten wir zur Tat. Ich bin die Karin, Petras Freundin." „Ja, ich heiße Vera." „Also Vera", schlug Karin vor, „geh du bitte sofort zu ihm, bevor er zu uns kommt. Tu so als sei nichts gewesen. Schön wäre es natürlich, wenn er einen Tisch hätte, an dem wir alle sitzen können. Wo finden wir denn unseren Herbert?" „In der Pazifik-Lounge", erwiderte Vera. „Okay, wir kommen hoch." „Vera, wenn es machbar ist, werde ich versuchen an eurem Tisch einen Platz zu bekommen. Im Foyer besprechen wir dann anschließend den Rest.

Vera beeilte sich die Pazifik-Lounge zu erreichen. Inzwischen waren mindestens 35 Minuten vergangen. Herbert wurde schon unruhig, doch dann sah er Vera kommen. „Herbert entschuldige bitte, aber die Bilder kommen heute später." „Vera, sag mir, hast du geweint?" „Nein, wie kommst du denn darauf? Ich habe mich gestoßen das tat so weh. Herbert das ist ja wunderbar; Vera gab dem Gespräch eine andere Richtung, dass du einen Tisch für vier Personen genommen hast." „Genommen ist gut, es war kein anderer Tisch frei." „In der Galerie lernte ich zwei sehr nette Damen kennen, die auch noch gerne ein Tänzchen gemacht hätten. Wenn diese Damen kommen, würde es dir etwas ausmachen, wenn sie an unserem Tisch Platz nehmen?" „Sie sollen nur kommen, dir kann ohnehin keine das Wasser reichen!"

Kapitel -28-

„Nun zu dir Petra. Ich schlage vor, wir überraschen Herbert mit einer Damenwahl. Ich werde mit der Band sprechen und es so regeln, dass sie die Damenwahl auf mein Zeichen ankündigen.

Beide fuhren nun hinauf zur Pazifik-Lounge. Vor Aufregung und auch vor Angst zitterte Petra immer noch am ganzen Körper. „Wie mag er wohl reagieren?" Karin schaute und sah Vera und Herbert an einem Vierertisch sitzen. Karin ging zu ihnen und wollte gerade fragen, ob sie Platz nehmen dürfe, da schaltete sich auch schon Vera ein: „Herbert, das ist eine von den zwei Damen, die ich in der Galerie kennen gelernt habe." „Gnädige Frau, seien Sie uns willkommen und nehmen Sie Platz." „Ich bedanke mich. Also, ich bin die Karin. Das ist hier auf dem Schiff wohl so üblich." Vera schmunzelte und ein Lächeln erhellte ihr Antlitz. Etwa fünf Minuten saß Karin, dann sagte sie: „Bitte entschuldigen Sie mich einen Augenblick" und nahm ihr Täschchen. „Ich komme mit", sagte Vera. Sie verließen beide den Tisch und Herbert war ihnen behilflich. Nun half ihnen auch noch das Glück. Die Band machte eine Pause und so konnte Karin dem Bandleader im Foyer ihren Wunsch vortragen. Sie drückte ihm einen Geldschein in die Hand und alles war geklärt. „Petra, die im Foyer wartete, bekam nun von Karin gesagt, wie es weitergehen soll. „Wir werden Herbert jetzt ablenken. Versuche du, dass du dich unbemerkt hinter ihm aufhalten kannst. Wenn der Bandleader das Mikrofon in die Hand nimmt und zur Damenwahl bittet, solltest du so stehen, dass dir keine andere zuvorkommen kann. Die Band betrat wieder das Podium. Karin nickte mit dem Kopf und der Bandleader nahm das Mikrofon in die Hand: „Meine sehr verehrten Damen und Herren, auf Wunsch einer einzelnen Dame: >Damenwahl<" Herbert schaute Vera an, doch sie bat nicht um diesen Tanz, sie machte eine Bewegung und zeigte ihm, Herbert, dort steht deine Dame! Herbert sprang sofort auf und bot dieser Dame seinen Arm, um sie zum Tanz zu führen. Noch verwirrt schaute er ganz vorsichtig nach rechts um zu sehen, wer denn die Schöne ist, die um diesen Tanz gebeten hat. Stocksteif blieb er stehen, Petra dachte er bekommt einen Herzinfarkt. Doch dann, sie umarmten sich und küssten sich, es wollte gar kein Ende nehmen. Herbert stammelte nur noch: „Meine Petra, meine Petra, Schicksal ich danke dir!"

Der Bandleader nahm noch einmal das Mikrofon: „Meine verehrten Tanzpaare, den ersten der nun folgenden vier Tänze überlassen Sie bitte diesem Paar.

Es ist ein Wiedersehen nach vierzig Jahren. Danke!"

Mit einer Handbewegung bat er Petra und Herbert auf die Tanzfläche: „Bitte, nur für euch!"

Ganz zärtlich sagte Petra: „Komm mein Schatz, wie in unseren jungen Jahren."

Keine Glocken dieser Welt hätten schöner klingen können, wie diese soeben gesprochenen Worte.

So wurde >Spanish Eyes< ihr erster Tanz nach vierzig Jahren. Zärtlich anschmiegend in seinen Armen gelegen, Herberts Stimme lauschend und nur der Musik folgend, schwebten sie über die Tanzfläche. Petras Traum, er wurde Wirklichkeit. Die auf den nächsten Tanz warteten Paare bildeten einen Kreis. Mit den letzten Takten beendeten Petra und Herbert ihren Tanz. „Ich schlage vor, wir setzen uns", sagte Herbert. Sie gingen zur Band und mit einer kleinen Verbeugung bedankten sie sich. Dann hakte Petra sich ein und beide begaben sich zu ihrem Tisch.

Doch Herbert lief es eiskalt den Rücken hinunter als er sah, dass Vera den Tisch verlassen hatte! „Was soll ich nur machen", das waren seine Gedanken.

Kapitel -29-

Karin sah die Tränen in Veras Augen, die dann auch
umgehend verschwand. Keine Minute später folgte
ihr Karin. Auch sie hatte, wenn auch aus einem
Grunde, mit den Tränen zu kämpfen. Beide
standen sie sich nun gegenüber und waren bemüht,
ihr Make-Up wieder zu erneuern. „Sag mal Vera, als
wir uns im Foto Shop trafen und Petra dachte,
Herbert sei dein Mann, sagtest du doch: Nein, leider nicht.
Ich hatte das Gefühl, es kam aus deinem Herzen.
Liege ich da richtig?" „Ja, da liegst du richtig und
das kann ich auch nicht verbergen." Karin war
geschockt: „Na, das kann ja noch was werden!" So
realistisch wie Karin nun mal war, wusste sie: „Hier
werden noch viele Tränen fließen." Vera konnte
man es auch anmerken, dass sie allergrößte Mühe
hatte, ihre Tränen auch weiterhin zu verbergen.
Nach einigen Augenblicken hatte sich Vera aber wieder gefangen.
„Ich glaube, wir sollten wieder unseren Tisch aufsuchen." Noch einmal einen Blick in den Spiegel, dann machten sich die beiden Frauen auf und gingen zurück. „Dass es
mich so erwischt, damit hätte ich nicht gerechnet", Vera
konnte es zunächst gar nicht fassen. „Ja", sagte aber ihr
Herz und in diesem Augenblickt verspürte sie: „Ich liebe
ihn wirklich, aus vollem Herzen!"

Kapitel -30-

Vera und Karin kamen zurück. Durch ihr intensives Gespräch merkten Petra und Herbert gar nicht ihr Kommen. „So, hier sind wir wieder", sagte Karin und Vera musste zur Kenntnis nehmen, dass Petra ihren Platz eingenommen hatte. „Oh Petra, entschuldige bitte, aber du sitzt auf meinem Platz, den hätte ich gerne wieder." Ja, diese Worte hatten schon eine gewisse Brisanz. Petra war sprachlos, denn sie wusste nicht wie sie nun darauf reagieren sollte. Herbert hingegen war bemüht, die Situation zu entschärfen. „Komm Petra, nimm diesen Stuhl zu meiner linken, dann hat auch Vera wieder ihren Platz." Anschließend nahm Herbert beide Frauen in den Arm und sang: „Ob blond, ob braun, ich liebe alle Frau'n, mein Herz ist groß." Doch dann, abrupt brach Herbert seinen Gesang ab, er kannte den weiteren Text. „Meine Damen, ich bitte um Entschuldigung. Ich hätte ein anders Lied wählen sollen." Ganz leise hörte man Petras Stimme: „Mir gefällt es aber."

Und wieder fragte sich Herbert: „Wie soll ich nur dieses Problem lösen? Jetzt haben wir auch noch die zwei Tage St. Petersburg vor uns." Plötzlich erhellte sich sein Gesicht! „Karin, ja sie könnte mir behilflich sein. Ich muss mit ihr reden. Bei der nächsten Gelegenheit werde ich es tun. Versuchen kann man es immer."

Die Band forderte zur nächsten Tanzrunde auf. Herbert stand auf und der Petra zugewandt sagte er: „Petra, ich will mich revanchieren, darf ich bitten." Petra reichte ihm die Hand und Herbert führte sie zur Tanzfläche. Vera fühlte sich einen Augenblick benachteiligt. Doch dann dachte sie wieder an ihre eigenen Worte, als sie ihm bei gleicher Situation am ersten Abend sagte: „Gehen Sie nur, sie wartet."
Vera beobachtete nur die beiden. Jede auch noch so kleine Zärtlichkeit die sie sah, war ihr ein Stich ins Herz. Mit Karin wechselte Vera kaum ein Wort.
Nie verspürte Vera in ihrem Herzen die Liebe zu ihm so stark, wie in diesem Augenblick. „Bekäme ich doch nur die Möglichkeit, ich würde ihm auch alles schenken", es war ihr Wunsch und auch der Vater ihrer Gedanken.

Der Tanz war zu Ende, verklungen die schönen Melodien. Herbert bedankte sich bei Petra, sie hakte sich ein und beide gingen zu ihrem Tisch. Vera reichte ihm aber wieder ein Taschentuch und Herbert nahm es dankend an. Die auf seiner Stirn sichtbaren Schweißperlen entfernte er damit und nahm sich anschließend eine Verschnaufpause.

Kapitel -31-

Herbert wollte nun auf dem schnellsten Wege mit Karin sprechen. Nur wie kann ich es anstellen, dass Vera und Petra auch nichts davon mitbekommen? Natürlich, ich fordere Karin auf, mit mir zu tanzen. „Liebe Vera, liebe Petra und liebe Karin, würdet ihr mir bitte einmal zuhören! Normal hätte ich Vera am heutigen Abend zuerst um einen Tanz gebeten. Nun kam aber alles anders. Mit eurer Überraschung habt ihr es verhindert, worüber ich mich auch sehr gefreut habe. Ich möchte aber mit jeder von euch tanzen und zwar reihum. Also meine liebe Vera, ich bitte jetzt schon um den nächsten Tanz. Und du meine liebe Karin kommst auch nicht zu kurz. Um den übernächsten Tanz, bitte ich dich auch jetzt schon. Bei drei so bezauberten und hübschen Frauen, ich kann nicht widerstehen!"

Karin lachte: „Herbert, ich muss dich loben. Du bist noch ein Cavalier der alten Schule."
„Ja, das habe ich ihm auch schon gesagt", hakte Vera ein. Herbert gab der Bedienung ein Zeichen worauf sie gleich kam. „Ich hätte gerne vier Pina Colada", sagte Herbert. Die Bedienung nahm Herberts Zahlkarte und entfernte sich.
Erneut bat die Band das Tanzbein zu schwingen. Herbert stand auf und wandte sich der Vera zu: „Liebe Vera, darf ich nun um den längst fälligen Tanz bitten!" „Aber ja", sagte sie und stand auf; wobei Herbert ihr behilflich war. In

ihrem Inneren aber dachte sie: „Warte, Auge um Auge und Zahn um Zahn!" Vera legte sich in seine Arme und ließ sich führen. Sie schwebten regelrecht über die Tanzfläche. Konnte Petra, Vera und Herbert von ihrem Tisch aus sehen, schmiegte sich Vera besonders an. Mal hatte sie ein strahlendes Gesicht und Mal verschloss sie die Augen. Sie wollte Petra so treffen, wie es auch sie vorher traf. Jetzt war Petra diejenige die beobachtete und getroffen wurde. Die Musik war verklungen und beide kamen zurück. In der Zwischenzeit hatte die Bedienung die Cocktails gebracht. Herbert erhob sein Glas: „Meine verehrten Damen, trinken wir diesen Cocktail auf den heutigen Abend mit dem Wunsch, er möge uns in guter Erinnerung bleiben, zum Wohl." Dann nahmen die drei Damen ihr Täschchen und entfernten sich. Die ihm jetzt verbleibenden zehn Minuten nutze Herbert, um einmal darüber nachzudenken, was wohl noch auf ihn zukommen wird. „Ich muss erst mit Karin sprechen, was auch immer geschieht." Etwas anderes fiel ihm nicht ein. Ihr Make-Up hatten die Damen erneuert und frisch gestylt kehrten sie wieder zurück. Die Band begann erneut zu spielen und Herbert erhob sich von seinem Platz. „Meine liebe Karin, nun ist die Zeit gekommen. Darf ich dich um diesen Tanz bitten?" „Natürlich", sagte Karin, „ich möchte doch kein Mauerblümchen sein." Sie betraten die Tanzfläche und schon nach ein paar Takten sprudelte es aus Karins Munde: „Herbert, du bist ein wunderbarer Tänzer! Entschuldige, aber dass musste ich dir sagen." „Karin, ich kann nur danke sagen. Aber Karin, Mädchen, ich brauche deine Hilfe und zwar dringend. Ich bin doch glücklich, meine Petra wieder in die Arme nehmen zu können. Andererseits möchte ich aber auch Vera nicht kränken. Sie hat sich in den vergangenen Tagen mir gegenüber vorbildlich verhalten. Wir hatten eine Freundschaft vereinbart und daran haben wir uns auch gehalten. Seit ein paar Stunden, ich muss gestehen, kenne ich Vera nicht wieder. Bitte hilf mir!"

„Ja, ich helfe dir. Ich bestelle für uns eine Damenwahl und dann sprechen wir weiter."

Mit den letzten Takten endete auch dieser Tanz. Herbert bot Karin seinen Arm, sie hakte sich ein und beide kehrten zu ihrem Tisch zurück. Herbert bedankte sich noch einmal und war Karin dabei behilflich, wieder Platz zu nehmen. Herbert, der sich ebenfalls setzte, schaute auf seine Uhr. „Das wird wohl nichts mehr mit der Damenwahl", dachte er. Denn es war inzwischen 0:15 Uhr.

Kapitel -32-

Petra und Vera, beide verbrachten eine Nacht, wie sie unruhiger nicht hätte sein können. Sie wälzten sich in ihren Betten von einer Seite auf die Andere. „Wo mag sie wohl sein", waren Petras Gedanken, dann aber wieder, „oder ist er gar bei ihr? Sie hat ja auch eine Suite. Ach, wäre doch die Nacht vorbei!"

Auch Vera war nicht im Stande zu schlafen. Sie lief in ihrer Suite hin und her: „Lieber Gott, warum muss ich so leiden? Ich wollte doch nur seine Freundin sein." Sie öffnet die Balkontür: „O ja, frische Luft tut gut." Dann auf dem Balkon stehend; es war eine Sternenklare Nacht. Vera ließ sich den Wind um die Nase wehen. Sie verspürte es, der Wind reinigt die Gedanken.

Karin, die nun alles miterleben musste und aus nächster Nähe beobachtete, fühlte sich in ihrer Haut auch nicht wohl. „Was soll ich nur machen, jetzt, wo aus der Damenwahl nichts mehr geworden ist", dieser Gedanke ließ ihr keine Ruhe. Sie passte einen günstigen Moment ab, um die Suite zu verlassen. Petra war vor ein paar Minuten eingeschlafen. „Ich versuche es und klopfe an Herberts Tür", das, waren ihre Gedanken. Sie ging die Treppe hinunter. Auf Deck 7 hatte Herbert die Kabine 7203. Karin stand nun vor dieser

Kabine und wollte sich gerade bemerkbar machen. Mit einem Ruck öffnete sich seine Tür. Karin erschrak! Sie dachte, Vera käme jetzt aus seiner Kabine. Nein, Herbert war es, er stand vor ihr. Herbert, der eigentlich auch nur frische Luft schnappen wollte, war genauso erschrocken. Beide standen sich staunend gegenüber.   „Komm", sagte dann Herbert, nachdem sie den Schock überwunden hatten, „lass dorthin gehen, wo wir uns auch ungestört unterhalten können." „Okay, ich schlage Deck drei vor. Dort auf dem Salon-Deck können wir uns gemütlich ans Fenster setzen, den Sternenhimmel sehen und uns unterhalten." Gesagt getan: „Wenn wir St. Petersburg pünktlich erreichen", begann nun Herbert das Gespräch, „legt unser Schiff um 12:30 Uhr an. Bis zur Freigabe durch die Hafenbehörde dauert es noch einmal gut eine Stunde. Wir haben also den gesamten Vormittag Zeit, um uns auf den Landgang vorzubereiten. Ich habe mit Vera für heute die Stadtrundfahrt gebucht." „Wir auch", erwiderte Karin und weiter, „jetzt sag nur, dass ihr für den Abend auch eine Kanalfahrt mit Folklore auf der Newa gebucht habt?" „Ja", antwortete Herbert, „dann dürfte wohl für den heutigen Tag, bezogen auf unsere Landgänge alles gebucht sein?"

„Herbert", nun lass uns mal darüber beratschlagen, wie wir weiter vorgehen wollen. Nur so viel möchte ich dir sagen: Petra brennt darauf, sich mit dir unter vier Augen über die Vergangenheit und auch über die Zukunft, zu unterhalten."

„Karin, glaubst du denn, mir geht es anders? Dieses Warten ist unerträglich. Ich möchte gerne die uns verbleibenden paar Stunden nach dem Frühstück unbedingt dazu nutzen. Karin, in welchem Restaurant nehmt ihr eure Mahlzeiten ein?" „Wir sind im Restaurant Vier Jahreszeiten." „Siehst du und wir sind im Restaurant Artania. Ich schlage vor, dass wir uns dort um 8:00 Uhr zum Frühstück treffen. Beim Frühstück werde ich es der Vera sagen. Sie muss es schlucken."

„Ich kümmere mich dann ausschließlich um Vera", ließ Karin verlauten, „dabei werde ich versuchen einmal herauszufinden, wo sich Veras Mann berufsbedingt aufhält." „Wenn ich mich, als sie telefonierte nicht verhört habe, soll er sich in den nächsten Tagen beruflich hier im Baltikum aufhalten. Vielleicht können wir gemeinsam etwas organisieren."

„Du Herbert, ich glaube, für uns wird es jetzt Zeit. Komm, lass uns wieder nach oben gehen, sonst sucht mich noch die Petra."

Kapitel -33-

Die Nacht verabschiedete sich. Nebelschwaden, die noch versuchten das Ende der Nacht hinauszuziehen, trotzten, jedoch ohne Erfolg. Die aufgehende Sonne war stärker. Im Tagesprogramm war der Sonnenaufgang zu 6:58 Uhr angekündigt. Frühsportler und Sonnenhungrige die den Sonnenaufgang genießen wollten, belebten wie jeden Morgen, das Schiff.

Auch Herbert war schon sehr früh auf den Beinen. Er war es von Zuhause gewohnt. Dort schrieb er so manches Mal bis tief in die Nacht, an seinen Romanen.

Karin und Petra, ebenso Vera, hatten sich den Wecker zu 6:15 Uhr gestellt. Dennoch, das Aufstehen viel ihnen schwer.
„Komm mein Schatz, aufstehen", ermunterte Petra, „wir haben heute einen langen Tag vor uns. Und außerdem möchte ich doch nach dem Frühstück mit Herbert sprechen."
„Ja, ich komme, gehe du schon mal ins Bad", antwortete Karin im Halbschlaf. „Ich bin bereits fertig und warte auf dich." Petra hatte zwar auch nur den Bademantel an, dennoch öffnete sie die Balkontür um die Morgenluft zu inhalieren. So langsam bemühte sich auch Karin, das Bett zu verlassen. Das in der Nacht mit Herbert geführte Gespräch

dauerte doch etwas länger und hatte seine Auswirkungen. Petra, auf dem Balkon stehend, wurde schon ungeduldig. Doch dann sah sie, als sie ins Zimmer schaute, dass Karin das Bett verlassen hatte. „Gott sei Dank", dachte sie. „Petra", rief Karin aus dem Bad. „Ich höre, hast du etwas auf dem Herzen, soll ich einen Stewart rufen, der dich einseift?", fragte Petra. „Nein, ich habe heute Nacht mit Herbert besprochen, wie es jetzt hier mit uns weitergehen soll." „Soso, sich in der Nacht mit Herbert rumtreiben, das habe ich gerne", hakte Petra gleich ein und lachte. „Wir haben vereinbart, heute um 8:00 Uhr gemeinsam im Restaurant Artania zu Frühstücken. Nach dem Frühstück möchte sich Herbert mit dir, die bis St. Petersburg verbleibende Zeit unter vier Augen unterhalten. Das Artania haben wir gewählt, weil er dort mit Vera gefrühstückt hat und wenn sie später kommen sollte, uns dort findet." „Hat Vera davon Kenntnis?", fragte Petra. „Nein, aber Herbert wird es ihr heute beim Frühstück sagen. Ich werde mich um Vera kümmern, dann ist sie auch nicht so alleine." Es verging die Zeit, nach gut einer dreiviertel Stunde verließ auch Karin das Bad. „Schau, ich bin so weit und du sagst jetzt, was wir anziehen!" Im ersten Augenblick wusste Petra gar nicht, was sie der Karin antworten sollte. „Wieso ich? Wir machen es doch immer gemeinsam." Sie lachte nur und sagte: „Mädle, du willst ihm doch gefallen, also zeig was du draufhast." Karin ging zum Kleiderschrank und riss die Türen auf. Dessous in den Farben: türkis, dunkelviolett, rot-nougat und marine-nougat holte Karin aus dem Schrank. „So, und hiervon suchst du dir jetzt das nach deiner Meinung schönste Dessous aus und ziehst es an." „Okay", sagt Petra, „und nahm das rot-nougat Dessous. Unsere weißen Hosen und die tollen blauen T Shorts", ergänzte Karin, „die wir uns zum Schluss in der schnuckeligen Boutique gekauft haben, runden unser Erscheinungsbild ab."

6:45 Uhr, Veras Wecker machte sich bemerkbar. „Muss das denn sein, ich bin doch erst so gegen 4:00 Uhr eingeschlafen?", sprach sie im Halbschlaf. Doch dann „Petra", dieser Gedanke verhalf ihr, die Müdigkeit zu vergessen. Sie schlug die Bettdecke zurück und ging gleich zur Balkontür und öffnete diese. „Drei Mal tief Luft holen", dachte Vera, „das gibt Kraft!" Anschließend begab sie sich ins Bad. „Ja, jetzt eine kalte Dusche", Vera schüttelte sich, dann aber wieder, „warum eigentlich nicht?", ihr Gedanke, „Zuhause mache ich es doch auch." Vera brauchte ihre Zeit. Nach gut 45 Minuten war sie dann so weit. Sie zog den Bademantel über die nasse Haut und durchschritt einige Male ihre Suite. Vor ihrem Kleiderschrank blieb sie stehen. „Und jetzt", dachte sie, „jetzt kommt wieder die Frage aller Fragen: was ziehe ich an?" Vera ging in ihrer Suite wieder einige Male hin und her. Plötzlich kam ihr der Gedanke: „Ich nehme die neue weiße Hose und dazu passend, das blaue T-Shirt." Vera legte die vorgesehenen Stücke aufs Bett und schloss wieder den Kleiderschrank. Dann zog sie den Bademantel aus und merkte, dass sie, wie Gott sie schuf, vor dem Spiegelschrank stand. Ein Lächeln ging über ihre Lippen: „Was würde er wohl sagen, wenn ich jetzt so vor ihm stände?" Es kamen in ihr Gefühle der Liebe auf. Doch die Zeit drängte, es waren nur noch 30 Minuten bis zur gewohnten Frühstückszeit, um acht Uhr.

Kapitel -34-

Auf dem Salon-Deck (3) im Restaurant Artania hatten die Gäste die Möglichkeit, schon ab 7:00 Uhr zu frühstücken. Wie jeden Morgen wurden alle, wenn sie das Restaurant betraten, von dem vor ihnen stehenden Büfett überrascht.

Herbert, der schon sehr früh auf den Beinen war, hielt es für angebracht, rechtzeitig hinunter zu gehen und einen für vier Personen geeigneten Tisch zu reservieren. Es war 7:45 Uhr. Ein am Fenster stehender Tisch wurde gerade frei. Herbert begab sich sofort dort hin und belegte ihn. Kaum hatte er sich gesetzt, wurde er gefragt, was er denn zu Trinken bekäme, Kaffee oder Tee? „Danke", sagte er, „ich warte noch auf meine drei Damen." Er schaute auf seine Uhr, es war genau 8:00 Uhr. „Jetzt könnten sie aber so langsam kommen", dachte er. Wie Frauen nun mal sind, sie überraschten ihn, wenn auch ungewollt.

Karin, die noch als Letzte im Bad ihr Make-Up auftrug, hörte mit auf einmal Petra rufen: „Karin, nun komm doch, es ist zwei Minuten vor acht Uhr, der Herbert wird warten." Mit einem Lächeln kam Karin aus dem Bad und zeigte sich: „Nun, wie gefall ich dir?", fragte sie.
„Du siehst toll aus", war die Antwort. „Dann komm, lass uns gehen." Sie gingen zum Fahrstuhl und fuhren hinunter.

Am Eingang zum Restaurant blieben sie stehen und desinfizierten sich die Hände.

Um Sekunden zeitversetzt ging auch Vera zum Fahrstuhl und fuhr hinunter. Für sie war es der Weg, den sie jeden Morgen ging. Sie passierte die Eingangstür zur Kreuzfahrt-Beratung und hatte nur noch ein paar Meter bis zum Restaurant. Um ihr Make-Up nicht zu verwischen, konnte sie sich nicht einmal die Augen reiben, als sie sah, wie Petra und Karin sich gerade die Hände desinfizierten. Genau wie sie, waren auch Petra und Karin gekleidet. Also weiße Hose und ein blaues T-Shirt. „Nur keine Scheu", dachte Vera und ging zu ihnen. Mit einem „Guten Morgen", begrüßte sie die beiden Frauen. Auch Vera desinfizierte sich die Hände. „Und nun", sagte Karin, „jetzt überraschen wir den Herbert ein zweites Mal!"
Um sich jetzt noch gegenseitig Komplimente zu machen, fehlte ihnen die Zeit.

Herbert schaute inzwischen auf die Getränkekarte und bemerkte gar nicht das Kommen der drei Damen.
Als habe ein Dirigent das Zeichen zum Einsatz gegeben, hörte man auf einmal aus dem Munde der drei Damen: „Guten Morgen Herbert." Erschrocken schaute Herbert die drei Grazien an und Sekunden später sagte er nur noch: „Guten Morgen, ihr seid nicht nur verrückt, sondern auch

noch wunderschön." „Danke", sagten alle drei. „Bitte setzt euch", forderte Herbert sie nun auf.

Kaum hatten sich alle gesetzt, wurden sie auch schon gefragt: „Was trinken die Herrschaften?", wie aus einem Munde kam die Antwort: „Kaffee."
„Ich würde vorschlagen", sagte Herbert, „wir gehen zunächst erst einmal und bedienen uns der gebotenen Köstlichkeiten." Vor ihnen stand ein Büfett, dass jedes Herz höherschlagen lässt. Hier konnten sich zuerst die Augen und anschließend am Tisch, der Gaumen laben.
Im Gegensatz zu den Damen, saß Herbert schon nach wenigen Minuten wieder am Frühstückstisch und wartete. Es dauerte ein paar Minuten, doch dann kamen seine Grazien und setzten sich.
„Nun ihr Hübschen", Herbert machte ein ernstes Gesicht, doch dann lächelte er, „ich wünsche euch einen Guten Appetit." „Das wünschen wir dir auch, Herbert." Es kehrte eine Stille ein. Man war mit sich selbst beschäftigt.

Kapitel -35-

Von Turku kommend, fuhr nun die Artania in Richtung St. Petersburg der Sonne entgegen. Ein wunderschöner Sommertag lässt die Herzen höherschlagen. Ja, und gefrühstückt hatte man auch schon.

„Meine liebe Vera und meine liebe Karin", wandte sich nun Herbert an die beiden, „ich habe heute eine Bitte an euch und ich gehe auch davon aus, dass ihr dafür Verständnis haben werdet: Also, seit uns bitte nicht böse, wenn wir, Petra und ich den Wunsch haben, gemeinsame Erinnerungen aufzufrischen und auch darüber zu sprechen, wie es uns in den Jahren nach unserer damaligen Trennung ergangen ist.
Stunden, die uns heute Vormittag noch bis zur Ausschiffung in St. Petersburg verbleibenden, möchten wir gerne dazu nutzen."
Vera, nimm du bitte das, was ich dir über Petra alles erzählt habe als Maßstab, dann weißt du, wieviel Zeit Petra und ich benötigen, um über alles zu sprechen. Vierzig Jahre sind eine verdammt lange Zeit." „Ja", schaltete sich Karin gleich ein, „sucht euch ein schönes Plätzchen. Vera und ich, wir werden uns schon beschäftigen." „Ich werde lesen", sagte Vera gleich.

Kapitel -36-

Herbert und seine drei Damen hatten inzwischen gefrühstückt. Sie machten sich auf und verließen das Restaurant. Wie vorher besprochen, man trennte sich. Karin, die sich mit Petras Schicksal verbunden fühlte und alles aus nächster Nähe miterleben durfte, war überglücklich: „Endlich ist es so weit", dachte sie, „jetzt können die beiden unter vier Augen sprechen. Vor allem aber, ihre jungen Jahre an sich Revue passieren lassen. Freud und Leid noch einmal nachempfinden."

Karin konnte nicht anders, sie musste Petra umarmen, um ihr ihre Freude darüber mitzuteilen. Doch wie ein Blitz durchfuhr es sie als sie merkte, dass Petra am ganzen Körper zitterte. Diesen Augenblick hatte sich Karin für Petra anders vorgestellt. „Eine Glückseligkeit macht sich doch anders bemerkbar", waren Karins Gedanken.

Auch Herbert, der Petra ansah merkte, irgendetwas ist bei ihr aus dem Gleichgewicht geraten. „Ist dir nicht gut?", fragte er sie und Petra antwortete: „Komm wir gehen an die frische Luft, das wird mir gut bekommen, dann geht es mir auch wieder besser."
Sie suchten auf dem Jupiter-Deck die Sonnenterrasse auf. „Ist es dir so recht, mein Schatz?", fragte Herbert. „Ja", sagte Petra. „Was hältst du davon, wenn wir auf die andere

Seite gehen. Dort sind wir dem Wind nicht so ausgesetzt." Nach einem Augenblick des Schweigens fragte Herbert: „Geht es dir jetzt besser, mein Schatz?" „Ja Herbi, darf ich dich so wieder nennen, oder ist es dir jetzt zu albern? Ich habe es immer gerne gesagt." „Wie, das hast du nicht vergessen? Ja mein Schatz, du darfst." Dann gab er ihr einen deftigen Kuss. „Sag mal, was war denn vorhin mit dir?" „Ach weißt du, ich bekam auf einmal ein schlechtes Gewissen. Nie ist mir mein Fehlverhalten so vor Augen geführt worden wie jetzt und heute, wo ich dich wieder fühlen und berühren kann. Ich hätte nicht auf meine Mutter hören dürfen, zumindest hätte ich den Kontakt aufrechterhalten müssen, denn ich hatte ja deine Anschrift. Ich bin sicher, unser beider Leben wäre anders verlaufen. Herbi, kannst du mir verzeihen?" „Mäusle, es gibt nichts zu verzeihen, denn ich war dir nie böse. Es waren damals eben andere Zeiten"

„Ich gebe zu, eine Welt brach in mir zusammen als ich feststellen musste, es gibt dich nicht mehr. Du warst wie vom Erdboden verschluckt. Als ich dann bei euch angerufen habe, hörte ich nur: >Kein Anschluss unter dieser Nummer<. Einen Tag später habe ich dann mit euren Nachbarn gesprochen. Die Nachbarin sagte mir: Wir, mein Mann und ich, haben es auch nicht begreifen können. Schon sehr früh am Morgen stand der Möbelwagen vor der Tür.

Es ging alles sehr schnell, bereits am Abend war die Wohnung leer. Dich habe man aber nicht gesehen."

„Ja, das stimmt. Tante Elfriede, Mutters Schwester hatte einen großen Garten mit sehr viel Obstbäumen. Einen Tag vorher hatte man mich zu ihr geschickt mit dem Auftrag, ihr beim Einwecken der Kirschen zu helfen. Am Umzugstag haben mich dann die Eltern am Abend dort abgeholt und sind mit mir direkt nach Würzburg zu unserer neuen Wohnung gefahren. Schatz glaube mir, jetzt brach in mir alles zusammen. Ich wurde sehr krank und lag auch einige Wochen im Krankenhaus. Nach meinem Krankenhausaufenthalt war ich dann noch zwei Jahre in ärztlicher Behandlung. Glaube mir, bis zum heutigen Tage habe ich noch mit niemandem darüber gesprochen, auch nicht mit meiner Freundin. Ich hatte immer Angst, einen Rückfall zu bekommen. Meiner Mutter habe ich es nie verziehen.

Kapitel -37-

Vera hatte schon angekündigt, dass sie, wenn Petra und Herbert sich zurückziehen, lesen wolle. Sie ging zum Fahrstuhl, drückte Deck 7 und suchte ihre Suite auf. Angekommen überlegte Vera: „Setze ich mich nun in den Sessel oder gehe ich lieber auf den Balkon?", sie war unschlüssig. Doch dann entschied sie sich für den Balkon. Vera traf alle Vorbereitungen, nahm das Buch und ging hinaus. Wie schon einige Male vorher, sie schlug das Buch auf und wie nicht anders zu erwarten, blieb sie wieder bei der Widmung stehen. Immer wieder und immer wieder las sie diese. Die Zeit verging, über eine Stunde saß sie nun schon und war nicht fähig, das erste Kapitel aufzuschlagen. „Nein, so geht das nicht weiter", dachte sie, „ich muss unter Menschen sein." Kurz entschlossen, Vera klappte das Buch zusammen, ging zum Fahrstuhl und fuhr hinunter zur Rezeption. „Hier ist immer etwas los", dachte sie und setzte sich in die Lobby. Vera hatte die richtige Wahl getroffen. An der Rezeption herrschte tatsächlich ein reges Treiben.

Nach einer Weile musste Vera ein stilles Örtchen aufsuchen. Sie ging zur Rezeption. „Was kann ich für Sie tun", wurde sie gefragt: „Darf ich Ihnen für fünf Minuten mein Buch zur Aufbewahrung geben", fragte Vera. Frau Lich, die Leiterin der Bibliothek, die auch ihren Dienst an der Rezeption ableistete, stand ihr gegenüber. Vera überreichte es und ging zur Toilette. Frau Lich schaute sich das Buch an. „Das sieht ja noch so neu aus", dachte sie, „unsere sind doch schon vergriffen." Sie schlug es auf und las die Widmung: „Donnerwetter", durchfuhr es sie, „das hat mir noch kein Mann gesagt."

Karin, die sich anderweitig die Zeit vertrieb, landete zum Schluss auch unten in der Rezeption. „Wenn ich schon einmal hier bin", dachte sie, „dann kann ich auch gleich fragen, ob für den folgenden Tag noch Umbuchungen bei den Landgängen möglich sind?" „Kann ich helfen?", fragte Frau Lich. Karin sah aber das Buch und las >Herbert Kleinschmitt< „Darf ich das Buch mal sehen", fragte sie. „Ja, ich habe es aber nur zur Aufbewahrung, die Dame kommt gleich wieder zurück." Karin schaute hinein und las diese Widmung, sie erschrak. In ihren Gedanken stand nun Petra vor ihr: „Was mag sie denken, wenn sie diese Widmung liest." Langsam legte sie das Buch hin und ging. Frau Lich beobachtete es und sah, wie an Karins Wange eine Träne hinunter kullerte. Diskret wie sie nun einmal war, nahm sie das Buch und wartete bis Vera es wieder abholte.
„Ich danke vielmals", sagte Vera und wollte das Buch wieder an sich nehmen. „Darf ich Sie etwas fragen", sagte Frau Lich, „ich habe dieses Buch auch in unserer Bibliothek. Ihres aber, sieht so neu aus und ich habe mir erlaubt, einmal einen Blick hineinzuwerfen und so las ich zwangsläufig die Ihnen gegebene Widmung. Zunächst hat es mir die Sprache verschlagen. Doch jetzt bin ich zutiefst beeindruckt. Herr

Kleinschmitt ist eben ein Mann der alten Schule!" Frau Lich sah, wie sich bei der Vera der Gesichtsausdruck veränderte und auch sie mit den Tränen kämpfte. Vera sagte dann aber nur: „Danke." Nahm das Buch und entfernte sich.

„Habe ich etwas falsch gemacht", fragte sich die Bibliothekarin, „hoffentlich bekomme ich keinen Ärger!"

Kapitel -38-

Die Artania näherte sich der Insel Kronstadt. Petra und Herbert standen an der Reling und schauten in Richtung St. Petersburg. Die Insel Kronstadt lag unmittelbar vor ihnen. Herbert hatte seinen Arm der Petra über die Schulter gelegt, sie waren verliebt!
Plötzlich hörten sie eine Stimme: „Hallo, bitte recht freundlich", Beide drehten sich um und Karin sagte: „DANKE, das ist ein Bild für die Ewigkeit." „Karin, komm jetzt stell du dich auch bitte zu uns", bat nun Petra, „mach ein Selfie, es soll auch für die Ewigkeit sein."

Anschließend standen sie an der Reling und schauten sich die an ihnen vorbeiziehende Landschaft an. Karin war in sich gekehrt, sie kämpfte mit sich: „Soll ich ihn auf das Buch ansprechen, oder ist es jetzt der falsche Augenblick?", so unschlüssig war sie sich noch nie. Dieses wiederum viel nun Petra und Herbert auf: „Mädchen, was ist mit dir, ist dir nicht gut?", fragte Herbert. „Doch, doch", sagte Karin, „ich war vorhin bei der Rezeption, dort habe ich ein
Buch liegen sehen, Herbert, das deinen Namen trug. „Und es entstehen blühende Gärten", war Titel. Hast du dieses Buch geschrieben?" „Ja, das habe ich geschrieben."
„Eine Dame hatte es der Rezeption für fünf Minuten zur Aufbewahrung gegeben." „Dann hast du auch bestimmt meine Widmung gelesen." „Ja, das habe ich", sagte Karin.

„Herbi, du hast dieses Buch geschrieben?", wollte nun Petra wissen, „das hast du uns aber noch gar nicht erzählt, ich möchte dieses Buch auch lesen." „Ihr werdet ein Exemplar, von mir signiert bekommen. Zu Beginn dieser Reise habe ich der Bibliothek angeboten, mein Buch den Leserinnen und Lesern zur Verfügung zu stellen. Die Leiterin der Bibliothek, Frau Lich sagte mir damals, bevor sie es in die Bibliothek aufnimmt, müsse sie es erst selbst lesen. Als ich mit Vera einmal vom Foto Shop kam, kreuzten sich unsere Wege. Frau Lich sprach mich an und sagte mir, dass sie das Buch gut finde und in die Bibliothek aufgenommen habe. Daher wusste auch Vera, dass ich schreibe. Sie wollte es gerne lesen und so habe ich ihr ein Exemplar geschenkt und signiert. Meine Hochachtung der Vera gegenüber habe ich im letzten Satz zum Ausdruck gebracht und dazu stehe ich auch!"

Langsam aber sicher erreichte das Schiff den Hafen von St. Petersburg. Herbert schaute auf seine Uhr. Es war inzwischen 12:00 Uhr. „Hört einmal her ihr beiden Hübschen, ich würde vorschlagen", sagte Herbert, „wenn wir noch vor dem Landgang eine Kleinigkeit speisen wollen, dann sollten wir jetzt zum Lido Büffet-Restaurant gehen. Vor 13:30 Uhr werden wir das Schiff ohnehin nicht verlassen können. Hier wird sehr genau kontrolliert. Folglich können wir auch keine Plätze tauschen."

„Ich schlage vor", schaltete sich Karin ein, „wir begeben uns jetzt zunächst erst einmal nach oben. Es kann ja sein, dass Vera auch dort ist und wenn ja, dann können wir zusammen alles besprechen, auch unsere Landgänge für morgen."

Vom Jupiter-Deck zum Lido-Deck brauchten sie ja nur die Treppe hinaufzugehen und schon hatten sie das Büffet-Restaurant vor sich. „Schaut ihr bitte nach einem Tisch", sagte Herbert, „ich werde versuchen Vera zu finden." Es war nicht notwendig! Mit einem strahlenden Gesicht und winkend mit ihrem Arm, kam Vera dem Herbert schon entgegen: „Herbert", rief sie, „Olaf hat vor zehn Minuten angerufen und mir gesagt, wenn alles klappt, wird er uns in Riga besuchen. Ist das nicht toll?", Vera war ganz außer Atem. „Nun beruhige dich erst einmal, du kannst ja kaum Luft holen. Natürlich ist das toll", antwortete ihr Herbert im gleichen Atemzug, „und eine anständige Sause gibt es noch oben drauf." An Petras Wange, die Veras Kommen beobachtete, lief eine Freudenträne ihrer Wange hinunter. Karin nahm Petra, umarmte sie und sagte: „Schau hoch meine Liebe und du wirst sehen, auch deine Wünsche werden in Erfüllung gehen!", kannst du dich noch daran erinnern?", fragte Karin weiter. „Und ob ich mich daran erinnere!" Petra sah in Karins leuchtende Augen, sie war auch überglücklich. Die drei Frauen umarmten sich. „Ich schlage vor", ergriff nun Herbert das Wort, „wenn wir uns gestärkt haben, gehen wir in unser Appartement und richten uns für den Landgang. Die Ausschiffung wird so gegen 13:30 Uhr

sein. Beim Ausgang auf dem Salon-Deck treffen wir uns
dann."

Kapitel -39-

Nun, man hatte gespeist, die eine mehr die andere weniger. Herbert bediente sich der Süßspeisen, er war schon ein kleines Leckermäulchen und Zuhause fehlte ihm die Köchin dazu. Seine Nachbarin, ja die hätte gerne diese Rolle übernommen, aber Herbert?

Herbert, der schon vor den Frauen sein Appartement erreicht hatte, gedachte sich noch ein Weilchen auszuruhen. Die neue Situation und dass, was sie ohnehin noch vorhatten, ließen ihm aber keine Ruhe. Nach ein paar Minuten machte er sich auf und fuhr hinunter zur Rezeption. „Herr Kleinschmitt, was kann ich für Sie tun", fragte ihn gleich Frau Lich, die hier wieder ihren Dienst verrichtete. „Frau Lich, für den heutigen Tag dürfte wohl alles, bezüglich der Landgänge, gelaufen sein. Aber für den morgigen Tag müssten doch noch Umbuchungen möglich sein?" „Ja, kommen Sie heute nach dem Abendessen, wir buchen dann Ihre Landgänge um. Ist es Ihnen so recht?" „Ja danke", sagte er, schaute auf seine Uhr und sah, dass es Zeit wurde das Salon-Deck aufzusuchen. Im Gegensatz zu ihm, wurde bei den Frauen über die wohl passende Kleidung beraten. Zum Glück, die Uhr tickte weiter und setzte den Damen somit zeitlich Grenzen.

Auf dem Salon-Deck warteten nun bereits seine drei Grazien. „Wo kommst du denn her?", wurde er gleich gefragt,

„ich war bei der Rezeption und habe mich danach erkundigt, ob unsere Landgänge für morgen noch umgebucht werden können." „Ja, sagte mir Frau Lich. Wir sollen heute Abend zur Rezeption kommen, dann wird alles geregelt."

„Wenn es hier gleich losgeht, welche Busnummer habt ihr, fragte Herbert?" „Wir haben die Nummer 2", sagte Karin, als sie auf ihr Landausflugsticket schaute. „Wir sind dem Bus 3 zugeteilt", erwiderte Herbert „und wenn wir Glück haben, werden wir uns auch unterwegs einige Male begegnen." „Davon gehe ich mal aus", ergänzte Petra, „schließlich wollen wir doch von uns allen die entsprechenden Fotos machen." „Seid ihr denn auch darauf vorbereitet, sind eure Akkus geladen und habt ihr auch genügend Speicherplatz?" Herbert sah jede an und erhielt ein positives Kopfnicken. „Na, dann ist ja alles in Ordnung." Mir wurde von einem bekannten Ehepaar, die diese Kreuzfahrt schon gemacht haben gesagt, um St. Petersburg kennenzulernen benötige man mindesten drei Wochen", gab Petra noch zu bedenken. Zur Ausschiffung für die Stadtrundfahrt hatten sich inzwischen unzählige Passagiere eingefunden. Vom Schiffspersonal konnte man hören, dass 11 Busse zur Abfahrt bereitständen.

Das Schiffspersonal traf nun die Vorbereitungen zur Ausschiffung. Die Gangway war zum Ausstieg vorbereitet und man wartete auf die Freigabe durch die Hafenbehörde.

„Jetzt ist es wohl so weit", meinte Vera. Es wurden die Ticket Inhaber für Bus 1 aufgerufen. Der ID Bord Pass und das Ticket wurden zur Kontrolle bereitgehalten. Bei jeder Ein- und Ausschiffung wird der ID Bord Pass elektronisch erfasst.

Und nun bitte die Passagiere für Bus zwei und im Anschluss die Passagiere für Bus drei. Danach folgten die Busse 4 bis Bus 11.

Alle hatten ihre Plätze eingenommen und so setzte sich Bus für Bus in Bewegung. Vera, die sich darüber im Klaren war, dass es wohl ein nächstes Mal, sich so an Herbert anschmiegen zu können, nicht mehr geben wird. Vera nutzte diese Gelegenheit. Immer wenn sie die Gelegenheit dazu hatte, näherte sie sich ihm liebevoll. Ja, es kam auch in ihr die Liebe durch, die sie nicht Leben durfte. Herbert, der allergrößte Sympathien für Vera empfand, hatte auch nichts dagegen einzuwenden, wenn sie sich anschmiegte. Einmal stand er noch in ihrer Schuld, das wusste er. Ein anderes Verhalten ihr gegenüber ließ auch sein Charakter nicht zu. „Vera meine Liebe", flüsterte Herbert ihr ins Ohr, „in meinem Herzen wirst du immer wohnen." Tränen liefen an ihrer Wange hinunter. Jetzt wusste sie, es waren seine Abschiedsworte.

Im vor ihnen fahrenden Bus saßen nun Petra und Karin. Im Glauben etwas sehen zu können, schaute sich Petra einige

Male um. Der aufmerksamen Karin entging dieses Verhalten natürlich nicht. „Jetzt hör du mir mal bitte gut zu", sagte sie, „heute Abend stehen wir an der Rezeption und lassen unsere Landgänge umbuchen. Damit ist die Gewähr gegeben, dass du dann an Herberts Seite sitzen wirst. Nicht du, nicht ich, nein, Herbert hat es in die Wege geleitet und damit auch den Schlussstrich gezogen und sich für dich entschieden. Nun sag mir bitte, was dagegen einzuwenden ist?" „Du hast ja recht", erwiderte Petra. „Also, gönnen wir Vera diesen Nachmittag. Sie hat es verdient, das müssen wir auch neidlos anerkennen. Sie hätte auch sagen können, um ihn nicht zu verlieren, ja, es ist mein Mann. Dass Herbert es nicht war, konnten wir doch gar nicht wissen! Wie hättest du dich wohl verhalten? Ich darf es mir gar nicht ausmalen."

Die Busse fuhren zu den bedeutendsten Sehenswürdigkeiten dieser schönen Stadt. „Zuerst fahren wir zur Ostspitze der Basilius-Insel", sagte die Reiseleiterin, „zu sehen ist von hier aus die Peter-Paul-Festung mit der gleichnamigen Kathedrale. Später, am Panzerkreuzer „Aurora" machen wir eine etwas größere Fotopause. Die Busse 2 und 3 kamen nahezu zeitgleich dort an. „Siehst du", stieß Karin Petra an, „jetzt sind wir doch wieder zusammen!" Zuerst bestaunten sie den Panzerkreuzer, in dem heute ein Marinemuseum ist. „Kommt ihr drei Hübschen", sagte Herbert, „vor dem machen wir von uns ein Selfie." „Okay", warf Vera ein, „und anschließend einzelne Aufnahmen. Ich möchte auf jeden Fall eine Erinnerung für später haben." Herbert zeigte: „Schaut, da drüben ist die berühmte „Grüne Brücke", das mittlere Teilstück kann hochgestellt werden. Hier machen wir die gleichen Aufnahmen." Die Reiseleiterinnen der jeweiligen Busse hielten ihre Schilder in die Höhe, auf dem die Busnummer stand. Wenn es hieß, es geht weiter, sammelte jede ihre Schäfchen ein und der Weiterfahrt stand nichts mehr im Wege. Vera, Herbert, Karin und Petra hatten wieder ihre Plätze eingenommen, da nahm auch schon die Reiseleiterin wieder ihr Mikrofon und meldete sich zu Wort: „Nun meine Damen und Herren, hieß es nahezu gleichlautend in beiden Bussen, fahren wir über den Newskij-Prospekt, der Hauptstraße von St. Petersburg zum Smolnij-Kloster, bis hin zur Blutkirche und weiter bis zur St.-Isaak-Kathedrale mit der drittgrößten Kuppel der Welt. Bevor es danach dann wieder zum Schiff geht, machen wir dort einen Fotostopp von zwei Stunden."

Bus zwei in dem Petra und Karin saßen hatte den Parkplatz der St.-Isaak-Kathedrale erreicht. Sie stiegen aus. Beeindruckt waren sie, als sie dieses Bauwerk sahen. Doch dann sagte Petra: „Karin, komm wir sehen nach, ob Herbert und Vera auch schon angekommen sind. Einige Minuten vergingen. Plötzlich hörten sie eine Frauenstimme rufen: „Hallo, Karin, hallo Petra", es war Vera, sie sah die beiden in der Menge der vielen Touristen stehen. „Dann können wir jetzt unsere Runden drehen", ermunterte Herbert, „ich schlage vor, wir machen erst wieder unsere persönlichen Aufnahmen und danach erkunden wir den Rest." „Ein oder zwei schöne Souvenirs möchte ich mir schon kaufen", gab Vera von sich. „Wir haben den gleichen Wunsch", hörte man von den anderen. An vielen Verkaufsständen wurden Souvenirs angeboten. Herbert sah, dass Vera sich eine wunderschöne Babuschka kaufen wollte. „Die nimm bitte nicht", sagte er, was der Verkäuferin gar nicht gefiel. „Doch, doch", beschwichtigte er, „diese meine Liebe, die bekommst du von mir. Sie soll dich immer an unsere Kreuzfahrt und an unsere einmalige Freundschaft erinnern." Herbert nahm die Babuschka in seine Hand, dann sagte er zu ihr: „Schau, das bin ich, natürlich symbolisch", er hob die erste Hälfte hoch und sagte: „Schau, das was du jetzt siehst, das ist mein Herz." Danach hob er die obere Hälfte seines Herzens ab und flüsterte ihr ins Ohr: „Schau meine Liebste, diese kleine Babuschka die du jetzt siehst, das bis du und darinnen", er zeigte auf das Oberteil des Herzens, „wirst du immer wohnen." Dass Karin und vor allem Petra unweit danebenstanden, war Vera egal. Sie umarmte ihn und gab ihm einen kräftigen Kuss. Ob es nach diesem Kuss in ihren Augen nun Freuden-oder-Abschiedstränen waren, bleibt ihr Geheimnis. Vera nahm die Babuschka und zeigte sie freudestrahlend: „Schaut her", frohlockte sie, „diese wunderschöne Babuschka hat mir Herbert geschenkt."

Die Zeit verging. An den Reiseleiterinnen, die ihre Schilder mit den Busnummern in die Höhe hielten, konnte Herbert erkennen, es geht zurück zum Schiff.

Schlag auf Schlag kehrten nun die Busse zum Schiff wieder zurück. Die russischen Passkontrollen hatte man hinter sich gelassen und schon ging es wieder die Gangway hinauf. „Viel Zeit haben wir nicht", sagte Herbert, „wir müssen noch vor dem Abendessen die Rezeption aufsuchen und unsere Umbuchungen erledigen." Irgendwie waren wohl alle etwas durcheinander. Vor der Rezeption stehend fragte nun Mitarbeiterin: „Was kann ich für sie tun?"
„Wir möchten gerne unsere Landgänge für den morgigen Tag umbuchen." „Kann ich bitte Ihre Bordkarten sehen?" Die Dame nahm die Karten, steckte sie in den Rechner und wartete auf das Ergebnis. Es dauerte einige Minuten, dann sagte sie: „Es tut mir leid, aber sie haben keinen Landgang gebucht." Jeder schaute den anderen fragend an? Sie mussten lachen, denn jeder glaubte, der andere habe gebucht. „Buchen Sie bitte 4 X Peterhof: Palast & Park", sagte Herbert und bekam von allen ein positives Kopfnicken. „Und jetzt meine Damen, husch, husch ins Körbchen, wir sehen uns beim Abendessen wieder." Für Scherze dieser Art, war Herbert immer aufgelegt.

Kapitel -40-

Herbert war mal wieder der erste der sich auf den Weg machte, um im Restaurant für einen geeigneten Tisch zu sorgen. Er fand einen. Der Steward kam, warf einen Blick darauf, prüfte auch ob alles in Ordnung ist, dann sagte er: „Sie warten bestimmt noch auf Ihre Tischdamen." „Heute nein", sagte Herbert, „bringen Sie mir bitte ein Bier." Es dauerte nicht lange und er konnte mit einem kräftigen Schluck seinen Durst stillen.

Bei den Damen lief es etwas anders. Vera überlegte: „Kann ich so gehen, oder sollte ich doch etwas anderes anziehen?" Sie öffnete die Balkontür und ging noch einmal hinaus. „Es könnte am Abend doch etwas kühler werden", dachte sie, „ich ziehe mir lieber ein etwas wärmeres Oberteil mit einem wärmenden Jäckchen an." Sie schaute in ihren Kleiderschrank und fand auch die entsprechende Kombination. Ein in sich gemustertes zartgrünes T-Shirt und dazu passend einen dunkelgrünen Blazer. „Das nehme ich", dachte sie. Fertig gestylt stand sie danach vor ihrem Spiegel, betrachtete sich von allen Seiten und urteilte dann über sich selbst: „Okay, so kannst du gehen."

Petra und Karin, beide standen auch vor ihren Schränken. „Und, was ziehen wir an, oder bleiben wir so?", fragte Karin. Auch Petra wollte sich vergewissern, sie ging zur Balkontür, öffnete diese und ging hinaus, wo ihr Karin folgte. „Was meinst du", sie hielt ihre Hand in den Wind, „ich würde vorschlagen, doch etwas Wärmeres anzuziehen. Am Abend ist es immer etwas kühler." Dem stimmte Karin zu und schon standen sie wieder vor ihren Kleiderschränken. „Jetzt meine Liebe, mach du einen Vorschlag", Karin schaute Petra an und wartete auf eine Antwort: „Ich hatte mal als junges Mädchen ein wunderschönes grünes Twinset. Herbert war immer begeistert, wenn ich dieses getragen habe. Ein Twinset habe ich jetzt zwar nicht, aber wir haben doch beide eine schöne grüne Bluse und den passenden Blazer haben wir doch auch. Wie wäre es damit?" Karin überlegte einen Augenblick, dann sagte sie: „Ja, warum nicht?"

Gut zwanzig Minuten saß Herbert nun schon an seinem Tisch. Inzwischen hatte er sich bereits das zweite Bier bestellt und schon fasst ausgetrunken. Um sich die Zeit zu vertreiben nahm er die Speisekarte, die ihm bereits gegeben wurde und studierte diese. Im Restaurant war um diese Zeit ein Kommen und Gehen zu beobachten. Die Ankunft seiner Tischdamen bemerkte er gar nicht. „Wolltest du uns nicht begrüßen?", fragte Petra. Erschrocken hob Herbert seinen Kopf. Er sah nur noch grün! „Entschuldigt bitte", Herbert sprang auf, „ich war im Augenblick nicht gegenwärtig. Bitte, nehmt Platz." Zufällig war in unmittelbarer

Nähe der Steward, der den Damen ebenfalls behilflich war ihren Platz einzunehmen. „Sagt mal ihr drei Hübschen", wollte Herbert nun aber wissen, „mit euren Farben, sprecht ihr euch immer vorher ab, um dann hier Ton in Ton zu erscheinen? Ich gebe zu, mir gefällt es, ihr seht toll aus!" „Danke Herbert, das freut uns." „Nein", sagte Karin weiter, „absprechen tun wir uns vorher nicht." Auch die Damen hatten, wie Herbert das Bedürfnis, ein kühles Bier zu trinken. Der Steward kam und brachte die Speisekarten. Als er fragen wollte, was trinken, kam wie aus einem Munde: „Bitte ein Bier."

Fünf Minuten später stand wieder der Steward vor ihnen: „Und, haben die Herrschaften schon gewählt?" „Ja sagte Herbert, die Empfehlung des Küchenchefs hätten wir gerne."

Das Abendessen hatte ihnen gemundet. Die zwei Busse, die die Passagiere ins Stadtzentrum zur Anlegestelle bringen, standen bereit. „Mit dem Ausflugsboot passieren sie die schönsten Kanäle und Flüsse die das Stadtzentrum durchziehen", sagte die dem Ausflugsboot zugeteilte Begleitperson, „Sie sehen majestätische Baudenkmäler, geschwungene Brücken und granitverkleidete Uferstraßen. Die etwa 1,5-stündige Fahrt über die Wasserwege wird von einer Folkloregruppe musikalisch untermalt, dazu wird Ihnen ein Glas Sekt gereicht. Nach dieser Bootsfahrt geht es dann mit einem 20 Minuten Spaziergang wieder zurück zum

Schiff." Kurz nach 22:00 Uhr hatten alle wieder die Artania erreicht. Mit inzwischen doch schweren Beinen stiegen sie die Stufen der Gangway hinauf. Oben angekommen fragte Herbert: „Was machen wir jetzt?" Im Dreiklang der Damen: „Wir sind müde."

Kapitel -41-

Mit einem >Guten Morgen>, munter und gut ausgeschlafen erschienen alle am Frühstückstisch. Es war 7:00 Uhr, der zweite Tag in St. Petersburg. „Habt ihr auch alle die Ausflugsunterlagen bekommen?", fragte Karin, „ja sagte Vera, meine fand ich auf dem Schreibtisch." „Meine Damen, das Buffet sieht wieder so einladend aus, gehen wir ", warf Herbert ein, „stärken wir uns erst einmal und denkt daran, wir werden auch heute wieder einige Stunden auf den Beinen sein." Ein jeder bediente sich und ließ es sich gut schmecken.

„Heute sehen wir von St. Petersburg das Schönste, was diese Stadt zu bieten hat", sagte Petra, „ich freue mich schon darauf."

Unaufhaltsam tickte die Uhr, es war kurz nach acht Uhr. „Es wird Zeit", ermahnte Herbert, „sonst wird unser Bus aufgerufen und muss ohne uns abfahren." In der Tat. Sie kamen zur Sammelstelle und konnten gleich zu ihrem Bus gehen. Es war also allerhöchste Zeit.

Im Bus, Petra hatte endlich ihren so lange ersehnten Platz neben Herbert. Sie genoss ihn in vollen Zügen. „Guten Morgen liebe Gäste", hörte man auf einmal, „ich darf mich ihnen vorstellen, mein Name ist <Anna> und ich werde Sie bei Ihrem heutigen Ausflug zum Peterhof begleiten." Mit einem kräftigen Applaus wurde ihr Gruß erwidert. „Bis zu

diesem Anwesen", erklärte Anna weiter, „beträgt die Fahr-
zeit ca. 1 Stunde. Wir durchqueren mehrere Stadtteile von
St. Petersburg."

Karin wollte es der einen nicht schwermachen und der anderen nicht vergraulen. Sie sorgte dafür, dass sie mit Vera
einen Platz im vorderen Teil des Busses bekam. Petra und
Herbert saßen in der hinteren Hälfte. Liebevoll schmiegte
sich Petra an. Ihren Kopf legte sie an seine Schulter. Ja, die
Liebesgefühle begannen sich durchzusetzen. Sie erinnerte
sich an das Jahr, als sie nicht mehr nur die kleine Schwester
sein wollte und sie sich unsterblich ineinander verliebten.

Der Bus hatte das Anwesen erreicht. Nachdem alle ausgestiegen waren, bat Anna um Aufmerksamkeit: „In Oberen
und Unteren Park ist dieses Gelände aufgeteilt. Palast und
Park wurden von Peter dem Großen in Anlehnung an das
Schloss Versailles erbaut.

Der Palast bietet einen grandiosen Blick über die Gärten
und die Bucht.

Auf dem Weg zu unserem Bus, der am Ende des   Parks
wieder auf uns wartet, spazieren wir durch die Unteren
Gärten. Beeindruckend sind die ca. 150 Springbrunnen und
Kaskaden. Das beliebteste Fotomotiv ist der große Brunnen
vor dem Schloss. Es ist auch gleichzeitig der größte Springbrunnen der Welt."

Der Untere Park beeindruckte alle zutiefst. „Von dieser
Schönheit werden wir auch Jahre später noch schwärmen",

sagte Vera, „schade, dass Olaf diesen Park nicht sehen konnte." Und Petra? Wie eine Klette klammerte sie sich an Herbert. Sie befanden sich bereits auf der Rückfahrt zum Schiff. Anschmiegend und Händchen haltend genoss sie diese Fahrt. „Wenn es doch schon Abend wäre", an nichts anderem konnte sie mehr denken. Herbert hatte seine Kamera in der linken Hand und wollte sich seine gemachten Bilder ansehen. „Entschuldige bitte einen kleinen Augenblick", er löste seine rechte Hand von der ihren. Petra legte wieder ihren Kopf an Herberts Schulter, es war ihr ein Genuss. „Das muss ich festhalten", dachte Herbert und machte ein Selfie.

Wie im Fluge verging diese eine Stunde, die sie wieder bis zum Schiff zurückzulegen hatten. Gegen 16:00 Uhr hatte der Bus wieder die Artania erreicht. Ein jeder merkte es in seinen Beinen, die langen Spaziergänge durch die Gärten hatten es in sich. Zum Glück waren es jetzt nur noch die Stiegen der Gangway hinauf, dann hatte man es geschafft. „Würdet ihr mir einmal zuhören", bat Herbert, „wir haben jetzt noch zwei Stunden Zeit. Ich schlage vor, wir ruhen uns ein gutes Stündchen aus und dann sehen wir uns um 18:30 Uhr beim Abendessen wieder."

Herbert hatte Durst. Mit einer Flasche Bier aus seinem Kühlschrank bediente er sich, stillte sein Verlangen und legte sich aufs Bett um für eine Stunde die Augen zu schließen.

Vera wollte auch ein Stündchen ruhen, was ihr aber nicht gelang. Sie konnte nicht einschlafen. „Olaf hatte doch gesagt, er werde in Riga zum Schiff kommen. Dann müsste er doch eigentlich heute noch anrufen", dieser Gedanke beschäftigte sie und ging ihr ständig durch den Kopf.

„Macht sich auch bei dir der lange Spaziergang so bemerkbar", fragte Karin, „ich gebe zu, eine Stunde würde ich mich gerne aufs Bett legen. Petra hingegen war sehr aufgeregt und lief hin und her. Mal war sie auf dem Balkon, dann setzte sie sich wieder aufs Bett. Hinlegen konnte sie sich nicht. Ihr Körper war mit 1000 Volt aufgeladen. „Hast du denn etwas auf dem Herzen?", fragte Karin noch einmal. Petra druckste herum. „Also meine Liebe", legte Karin nun los, „nach dem Abendessen werde ich mir mit Vera, vorausgesetzt sie möchte es auch, die Abend Show >MAGIC Night< ansehen. Anschließend spielt die Rondo Showband. Ich garantiere dir, vor 1:00 Uhr in der Nacht werde ich nicht erscheinen. Ist es dir so recht?" „Das kann ich doch gar nicht annehmen", sagte Petra. „Doch, das kannst du!"

Kapitel -42-

Es vergingen einige Minuten. Zwei oder drei Mal schaffte es Petra noch, ihre Suite zu durchschreiten. Als sie sich das letzte Mal auf ihre Bettkante setzte, war es um sie geschehen. Amor nahm sie in seine Arme und verschaffte ihr einen wunderschönen Schlaf. Kaum hatte sie ihre Augen geschlossen, entführte er sie: „Eine wunderschöne Wolke erschien vor ihr, zwei Engel bewachten den Eingang. Petra näherte sich dieser Wolke. Ja, Petra wurde schon erwartet. Je näher sie dieser Wolke kam, je mehr öffnete sich diese. Plötzlich hörte sie Amors Stimme: „Trete ein mein Kind, du hast dein Ziel erreicht." Sie war im Rosengarten der Liebe. Alles was sie nun zu sehen bekam, erschien ihr wie in einem Märchen, Rosensträucher in den schönsten Farben. Eine Wiese im satten Grün und voller Blumen. Auch das Rauschen des naheliegenden Waldes war zu hören. Plötzlich hörte sie wieder Amors Stimme: „Geh nur, such ihn, er wartet auf dich. Das Bett der Liebe hat er schon gemacht." Petra schwebte durch ihren Traum, leicht bekleidet und voller Sehnsucht. „Herbert, wo bist du?", rief sie, „dir will ich meine Liebe geben, jetzt und in alle Ewigkeit." Dann wieder Amors Stimme: „Mein Kind, mach deine Augen auf und du kannst sehen, dass auch deine Wünsche in Erfüllung gehen. Schau, er steht vor dir und möchte dich umarmen!" Gefühle der Liebe durchfuhren ihren Körper und schenkten ihr die schönste Stunde ihres Lebens.

Doch wie vom Blitz getroffen, in einem leicht bekleideten Outfit sah sie plötzlich Vera. Mit einem Satz richtete sich Petra auf. Karin erschrak: „Was ist denn mit dir?", sie schaute Petra an und sah, dass sie nass geschwitzt war. Auf ihrer Stirn standen die Schweißperlen. „Ich hatte einen wunderbaren Traum und dennoch bekam ich Angst", antwortete sie, „ich sah ihn vor mir, doch als ich ihn Küssen wollte, erschien mir Vera, leicht bekleidet. Ein Blitz durchfuhr meinen Körper und ich wachte auf." „Mach dir keine unnötigen Sorgen", sagte Karin, „den Kuss kannst du gleich nachholen, Herbert steht zu dir und zwar zu 100%."

Kapitel -43-

„Wer lieben will, muss leiden. Das wussten schon unsere Vorfahren", Karin tröstete Petra, „wir aber meine Liebe, wir leben heute und werden in einer Stunde zum Abendessen erwartet. Komm wir müssen uns chic machen."

„Karin, wenn du nichts dagegen hast, werde ich als Erste unter die Dusche gehen."
„Mach du nur, in der Zwischenzeit suche ich mir meine Sachen zusammen."
Es sollte doch ein besonderer Abend werden. Heute, so hatte Karin es sich in den Kopf gesetzt, werde ich den Abend mit einem Tänzchen ausklingen lassen.

„Dauert es noch lange bei dir?", fragte Karin. „Nein ich bin gerade dabei mich einzucremen. Noch zwei Minuten, dann komme ich." Petra zog sich ihren Bademantel über und zeigte sich: „Ich bin fertig, also, die Nächste bitte und lachte."

Nun stand Petra vor ihrem Schrank. Ihren Bademantel hatte sie bereits abgelegt. Plötzlich fingen ihre Gedanken an, verrückt zu spielen: „Es kamen Erinnerungen auf, sie sah Herbert. Jung, wie vor vierzig Jahren. Ein wunderschöner, warmer Sommerabend lud zu einem Spaziergang ein. Hoch stand das Gras auf den Wiesen. Hier zu Ruhen war ein Genuss. Herbert hatte einen Grashalm im Mund, er spielte damit und ich lag in seinen Armen. Wir genossen diese Zweisamkeit. Langsam, ganz langsam brach die Dunkelheit herein. Wie in einem Märchen zeigte sich ein Stern nach dem anderen. Geschehe was der Himmel will. Ja, es war unser erstes Mal und vergessen werde ich es nie."

„Nun reiß dich mal zusammen", durchfuhr es sie. Petra besann sich wieder ihres Vorhabens. „Mein türkisfarbenes Dessous werde ich anziehen", dachte sie und nahm es aus dem Schrank. Nun begann aber die Suche nach dem: „Und was ziehe ich jetzt an?" Petra durchsuchte ihren Schrank. Dann kam ihr der Gedanke: „Ich ziehe die wunderschöne hellblaue Bluse und die neue weiße Hose dazu an." Sie hatte sich diese Bluse von ihrem ersten Gehalt gekauft.
„Was mag er wohl denken, wenn ich heute so vor ihm stehe?"

Aus dem Bad war auf einmal Karins Stimme zu hören: „Petra, was ist mit dir, man hört dich nicht, träumst du?" „Nein, ich träume nicht, ich habe nur ein Stück meiner Jugend an mir Revue passieren lassen. Ich ziehe mich jetzt an." Auch Karin war so weit, sie konnte das Bad verlassen. Was sie anziehen wollte, lag bereits auf ihrem Bett. „Na, dann wollen wir mal", sagte sie.

Vera, die immer noch auf einen Anruf ihres Mannes wartete, musste doch sehr mit der Müdigkeit kämpfen. Sie legte sich aufs Bett. Das Handy lag neben Ihr auf einer Ablage. Was nicht zu vermeiden war, sie schlief ein. Nach gut einer dreiviertel Stunde wachte sie auf, schaute auf die Uhr und musste feststellen, dass es allerhöchste Zeit wurde sich fürs Abendessen zu richten. Heute dauerte es nicht so lange, die infrage kommenden Kleidungsstücke zu finden.

„Nur noch mein Make-Up", dachte sie, „dann kann ich gehen."

Herbert, er hatte sich vorgenommen, nach seiner Ruhepause, die bei den Aufnahmen gemachten Eindrücke, schriftlich festzuhalten. Als er nach einer knappen Stunde aufwachte, setzte er sich gleich an seinen Schreibtisch und machte gleich seine Notizen.

„Es ist doch eigenartig", musste er später feststellen, „wenn man so sitzt und schreibt, vergeht die Zeit wie im Fluge." Herbert schaute auf die Uhr und sah, dass es bereits 18:10 Uhr war: „O Gott", dachte er, „jetzt wird aber Zeit, sonst müssen meine Grazien noch auf mich warten." Schnell legte Herbert alles beiseite und begab sich ins Bad. „Trotzdem", dachte er, „der Bart muss ab." Schnell rasierte sich Herbert und dann ging alles Schlag auf Schlag. Zum Abendessen, so hatte er entschieden, werde ich meine Kombination, also den blauen Blazer und die weiße Hose, anziehen. Es war 18:28 Uhr, er hatte es noch geschafft. „Jetzt noch etwas Eau De Toilette", dachte Herbert, „dann kann ich gehen."

18:30 Uhr, pünktlich betrat Herbert das Restaurant. Von seinen Tischdamen war noch nichts zu sehen. Doch lange sollte er nicht mehr warten. Kaum hatte er an seinem Tisch Platz genommen, erschienen auch schon Petra und Karin und den beiden folgend Vera. „Toll schaut ihr wieder aus", mit diesem Kompliment empfing er sie. „Herbert, wir können nur danke sagen und es dir zurückgeben", erwiderten sie.

„Nach dem Abendessen werde ich mich mit Petra zurückziehen", sagte er gleich, „wir haben uns noch sehr viel zu erzählen und das möchten wir nun endlich nachholen. Also, gönnt uns diese Stunden, wir sagen jetzt schon danke." „Geht nur, Vera, so hoffe ich, wird sich mit mir die Darbietungen in der Atlantik-Show-Lounge ansehen und anschließend werden wir noch das Tanzbein schwingen", ja sagte Vera, „da hätte ich nichts dagegen einzuwenden." Um in der Lounge einen guten Platz zu bekommen, verließen Karin und Vera gleich nach dem Abendessen den Tisch.

Kapitel -44-

„Und nun mein Schatz?", Herbert gab ihr einen Kuss auf den Mund, den sie auch voll genoss. „Ich schlage vor, wir gehen zu mir", empfahl Petra. „Karin hat mir gesagt, ich kann mich zu 100% darauf verlassen, dass sie in der Nacht vor 1:00 Uhr nicht erscheinen wird. Auf Karin kann ich mich immer verlassen." „Dann lass uns gehen!" Beide gingen sie zum Fahrstuhl. Petra drückte die 8, also das Lido-Deck. Zuerst schaute sich Herbert um, als er diese Suite sah: „Hier kann man sich schon aufhalten, wenn einem Mal nicht das geboten wird, was einem gefällt." Petra ließ die Stewardess kommen und bestellte zwei Cocktails Pina Colada. „Ich würde aber sagen", so Petra, „jetzt setzen wir uns erst einmal." Herbert drückte sie an sich und nahm sie in den Arm. Es klopfte: „Ja bitte", sagte Petra und die Stewardess brachte die Cocktails. Mein lieber Schatz", Petra zeigte auf die Cocktails, „trinken wir diesen Cocktail auf unser Wiedersehen und auf den heutigen Abend. Möge es nicht der letzte sein." Herbert kniete sich vor seiner Petra hin: „Meine allerliebste Petra, nun darf ich dich endlich fragen: „WILLST DU MEINE FRAU WERDEN?" „Ja, von Herzen gern." Sie umarmten und küssten sich. Es wollte schier kein Ende nehmen. Anschließend nahmen sie ihre Gläser und sagten: „Sehr zum Wohl mein Schatz, auf ein noch langes, gesundes und liebevolles Zusammenleben. Prost!" Der Cocktail mundete beiden.

„Und jetzt?", fragte Herbert, „halten wir es mit Goethe: „Da steh ich nun, ich armer Tor! Und bin so klug als wie zuvor." Petra lachte: „Den Goethe hattest du damals schon in dein Herz geschlossen."

„Nun, über die uns von deinen Eltern verordnete Trennung haben wir ja schon gesprochen. Unser Wiedersehen kennen wir auch. Ich würde vorschlagen, dass wir über das Dazwischenliegende sprechen, so wie es sich aus der augenblicklichen Situation ergibt.

Von einem Vertreter, der mich damals in meiner Firma besuchte erfuhr ich, dass du nach einigen Jahren geheiratet hattest. Deinen neuen Wohnort und deinen nun Familiennamen konnte er mir aber nicht nennen. Damit war alles, bis auf mein Verlangen nach dir, beendet."

„Wie ich dir schon gesagt habe, nach unserer Trennung wurde ich sehr krank. Es folgten die ärztlichen Nachbehandlungen. Erst Jahre danach habe ich mich dann so langsam wieder gefangen und konnte auch an andere Dinge denken. Ich glaube es waren inzwischen sechs oder sieben Jahre vergangen. Meine Eltern waren mit mir zu einer Hochzeitsfeier eingeladen. Der Sohn von Vaters Arbeitskollegen heiratete. Zum ersten Mal habe ich auf dieser Hochzeit wieder getanzt. Um 12:00 Uhr, die Braut warf den Brautstrauß und wie nicht anders zu erwarten, er landete in meinen Armen. Eigenartigerweise kümmerte sich an diesem Abend ein junger Mann ganz besonders um mich. Zugegeben, er war mir sympathisch. Drei Wochen später, Vater sagte er bekäme Besuch, dieser sei zwar beruflich, er würde sich aber trotzdem freuen, wenn ich anwesend wäre. Es kam dieser junge Mann, Klaus, den ich später heiratete."

„Und warum bist du heute geschieden?", fragte Herbert.
„Das kann ich dir sagen. Ich hätte gerne Kinder gehabt, wir zwei träumten doch auch immer davon. Klaus hingegen sah aber nur seinen Beruf. Er wollte die Erfolgsleiter bis oben erklimmen. Jedoch kurz vor der letzten Sprosse blieb er bei der Sekretärin hängen. Er hat mich betrogen, zwei Jahre lang. Als ich es erfahren habe, habe ich mich sofort scheiden lassen und ihn aus meinem Haus hinausgeworfen. Meinen Eltern habe ich in unserem Falle, ihre Handlungsweise nie verziehen. Zu unserem Glück haben sie wohl jetzt im Himmel, ihre Meinung geändert. Mein Schatz, jetzt bist du an der Reihe!"

„Bei mir ist schon einiges anders gelaufen. Zuerst hatte ich meinen Fußball, der mich tröstete. Nach einigen Jahren habe ich dann erkannt, der Bergbau ist mein Tod. Siehe zu, dass du einen anderen Job bekommst, dachte ich und den habe ich in einer Gesenk-Schmiede gefunden. Dort war ich einige Jahre beschäftigt und habe mich in Abendschulen weitergebildet. Verheiratet war ich auch. Inzwischen bin ich aber auch schon wieder 10 Jahre geschieden. Drei Jahre war ich verheiratet, dann ist sie mit einem Vertreter auf und davon. Ich weine ihr keine Träne nach.

„Schau mal, unser Pina Colada steht dort immer noch. Ich würde sagen, erfreuen wir uns daran, Prost!
Als ich mir heute meine Sachen zusammengesucht habe, für dich wollte ich mich doch hübsch machen, schwelgte ich plötzlich in Erinnerungen. Herbi, ich sah dich vor mir, wie vor vierzig Jahren. Es war ein wunderschöner, warmer Sommerabend. Händchenhaltend durchschritten wir eine Wiese. Das Gras stand sehr hoch, es hätte schon längst gemäht werden müssen. Du sagtest, komm mein Schatz, wir machen eine Pause und legten uns nieder. Ich lag in deinen Armen und du spieltest mit einem Grashalm, was du immer gerne gemacht hast. Ein warmes Lüftchen und der Duft der Wiesen streichelte unsere Körper und lud zur Liebe ein. Wir liebten uns bis in die Dunkelheit."

Aufmerksam hörte Herbert ihr zu. Auch er hatte es nach so vielen Jahren nicht vergessen.

Petra streichelte ihren Herbi, sie küsste ihn: „Mein Schatz, nimmst du mich hier und jetzt auch wieder so in deine Arme? Ich habe ein Verlangen danach. „Mein Schatz", Herbert nahm die Cocktailgläser, gab der Petra ihres und sagte, „Prost auf eine glückliche Zukunft."

Den rechten Arm legte Herbert über Petras Schulter und mit der linken Hand begann er, ihre Bluse Knopf für Knopf zu öffnen. Dann streifte er diese ab und legte sie auf den danebenstehenden Sessel.

Petra nahm Herbert an die Hand und machte eine Geste, er möge doch aufstehen, was er auch machte.

Sie öffnete nun auch an seinem Hemd Knopf für Knopf, streifte es ebenfalls ab und entsorgte es an gleicher Stelle. Dann drehte sich Petra und er öffnete ihren BH. Petra hatte einen wunderschönen Busen. (75B) „Mein Schatz", sagte er, „wenn ich mich richtig erinnere, waren diese Bällchen früher etwas kleiner", beide mussten lachen. Sei es, wie es sei, so langsam fielen alle Hüllen und beide standen sich, wie Gott sie schuf, gegenüber. Herbert nahm seine Petra und legte sie aufs Bett. Auch jetzt, die Dunkelheit begann sich durchzusetzen. Wieder lag Petra in seinen Armen. Sie küssten sich und gefühlvoll streichelten sie ihre Körper. Dann auf einmal war es so weit und auch nicht mehr aufzuhalten. Die Liebesgefühle setzten sich mit einer unvorstellbaren Kraft durch. Ihrer Sinne nahezu beraubt, erlebten sie zwei Liebesstunden, die sie nie vergessen werden. Und zu beschreiben, sind sie schon gar nicht.

Am Ende, total erschöpft, blieben beide liegen und streichelten nur noch ihre Körper. Es war die Liebesnacht von der doch Petra immer träumte.

Es war 00:10 Uhr, der neue Tag hatte bereits Einzug gehalten. Herbert schaute auf die Uhr: „Schatz, für uns wird es jetzt aber so langsam Zeit. Karin hatte doch gesagt, dass sie gegen 1:00 Uhr hier wieder aufkreuzen wird. Geh du ins Bad und mach dich fertig.

Mit deinem Make-Up dauert es doch immer etwas länger. Ich räume hier wieder alles auf. Wir Männer sind schneller fertig und wenn es dir recht ist, würde ich noch gerne mit dir an die frische Luft gehen und meine Kabine würde ich dir auch noch gerne zeigen." „Ja mein Schatz, ich beeile mich. In zehn Minuten bin ich fertig."

Um 00:50 Uhr verließen beide die Suite. „Ich sollte mir aber vorher noch eine wärmere Jacke holen", sagte Herbert, „Jetzt am Abend ist es doch immer kühler. Zieh du dir auch etwas Wärmeres über, erkälten wollen wir uns doch nicht." „Okay", sagte Petra und holte auch sich eine warme Jacke. Anschließend gingen sie die Treppe hinunter zu Herberts Kabine. Auch Petra schaute sich diese Kabine genau an.

„Normal ist diese Kabine für zwei Personen", erklärte Herbert.

„Ich hätte mir die Suite auch nicht leisten können, die wäre mir zu teuer gewesen. Aber Karin kann es sich leisten, sie hat eine gutgehende Steuerpraxis. Wenn es nach mir gegangen wäre, hätten wir auch so eine Kabine genommen. Nun ja, heute hat uns die Suite genutzt."

„Schatz, ich würde sagen wir drehen jetzt unsere Runde."

Beide machten sich auf, gingen zum Fahrstuhl und fuhren hinunter. Auf Deck 4, dem Saturn-Deck konnten sie ihre Runden drehen.

„Sag mal", begann Petra, „wir haben schon über so manches, was wir erlebt haben, gesprochen. Aber darüber, wo wir wohnen, noch nicht ein Wort."

„Das können wir sehr schnell nachholen. Als ich dem Bergbau ade sagte, in der Firma mit der Gesenk-Schmiede gearbeitet habe und Abendschulen besuchte, bekam ich, als ich meine Urkunden in der Tasche hatte, eine Anstellung in Hamburg, wo ich heute noch wohne." „Das sich mein Vater nach Würzburg versetzen ließ, sagte ich bereits. Später kauften meine Eltern für mich ein Haus in Würzburg, dort wohne ich heute noch."

Sie gingen bereits die dritte Runde, als Herbert plötzlich innehielt. Er zeigte hinauf zu den Sternen:

„Einen so hell leuchtenden Himmel, habe ich noch nicht gesehen."

„Der freut sich über unsere Liebe", flüsterte Petra und gab ihm einen deftigen Kuss.

Ich würde sagen: „Wir suchen wieder das Innere auf, mir ist es kalt", sagte Petra.

Sie gingen zum Fahrstuhl und Petra drückte die 7, das Jupiter-Deck. Petra fasste in ihre Tasche: „Ich habe meine Bordkarte bei dir liegen lassen. Die brauche ich aber."

Beide betraten die Kabine. Petra zog sofort ihren Anorak aus und ging ins Bad. Nach einigen Minuten fragte Herbert:

„Mein Schatz ist etwas, warum brauchst du so lange?", „ich komme", rief sie, die Tür zum Bad öffnete sich und Petra stand splitternackt vor ihm! „Herbi, mein Schatz, bitte, bitte, noch einmal möchte ich dich lieben und zwar nach Herzenslust. Erst umarmte sie ihn und dann begann sie ihn zu entkleiden, Stück für Stück fielen nun die Kleidungstücke hinunter. Anschließend nahm sie ihn und setzte sich mit ihm aufs Bett. Petra ging, machte das Licht aus und danach kannte sie keine Grenzen mehr.

Kapitel -45-

Karin und Vera erfreuten sich der Darbietungen in der Show-Lounge. Es war ein anspruchsvolles Programm. Gegen 22:30 Uhr fiel der letzte Vorhang.

„Und was machen wir jetzt?", Karin wollte ja noch ein Tänzchen machen.

„Ich schlage vor", erwidert Vera, „wir fahren hinauf zur Pazifik-Lounge. Mir hat es dort immer besonders gut gefallen."

„Von mir aus", ich habe nichts dagegen."

Kurz um, beide machten sich auf und fuhren hinauf. Sie betraten die Show-Lounge und mussten feststellen, dass alle Tische besetzt waren. Karin entdeckte, dass an einem Tisch nur zwei Herren saßen. Ohne lange zu warten begaben sich Karin und Vera dort hin und fragten:

„Die Herren entschuldigen bitte, sind diese zwei Plätze noch frei?" „Aber selbstverständlich", sagte gleich der eine, „bitte nehmen Sie Platz." Sein Nebenmann fügte noch hinzu: „Wer kann denn bei zwei so hübschen Damen nein sagen." „O, danke", kam es wie aus einem Munde. Karin und Vera setzten sich, wobei ihnen die Herren behilflich waren.

Die Bedienung kam und fragte: „Was möchten die Damen trinken?" „Bringen Sie uns bitte einen Pina Colada." Als Vera der Bedienung ihre Bordkarte zur Bezahlung geben wollte, kam Uwe ihr zuvor und überreichte der Bedienung seine Karte „Das geht auf meine Rechnung. Meine Damen, Sie sind eingeladen. Bitte, seien Sie unsere Gäste."

„Nanu", dachte Vera, „geht das schon wieder los?"

„Nun gut", erwiderte Karin, „dann zeigen Sie uns aber auch, wie gut Sie Tanzen können", und lachte.

Das Eis war gebrochen!

Die Band begann zu spielen und bevor auch nur ein anderer kommen konnte, standen bereits Uwe und Björn vor Karin und Vera und baten um diesen Tanz: „Darf ich bitten?", und jeder führte seine Dame zur Tanzfläche.

Schon nach den ersten Schritten verspürte Uwe, dass er die richtige Wahl getroffen habe. Karin empfand es genauso, behielt diesen Eindruck aber nicht für sich: „Junger Mann", sagte sie, „Sie sind ein guter Tänzer. Es macht Spaß, mit Ihnen zu tanzen." „Das freut mich, denn es beruht auf Gegenseitigkeit."

Karin schaute hinüber zur Vera und sah, wie auch sie mit ihrem Partner über den Tanzboden schwebte.

Nach dem dritten und letzten Tanz nahm der Bandleader das Mikrofon: „Liebe Gäste, wir bedanken uns. In zehn Minuten geht es weiter." Die beiden Frauen hakten sich ein und ließen sich zu ihrem Tisch führen. Am Tisch prostete man sich zu. Dann meldete sich Uwe: „Meine Damen, um den Rest des Abends lockerer zu gestalten, möchten wir uns Ihnen erst einmal vorstellen. Also, ich bin der Uwe und ich der Björn." „Machen wir es kurz. Ich bin die Karin und ich heiße Vera." „Dann können wir auch beim du bleiben", ergänzte Karin. Sie nahm ihr Glas und sagte: „Auf das DU, Prost!"

Danach, Vera nahm ihr Täschchen, stieß Karin an und sagte: „Die Herren werden uns jetzt für zehn Minuten entschuldigen."

Im Vorraum der Toilette, beide standen vor ihrem Spiegel und richteten ihr Make-Up. „Was meinst du Vera? Ich denke das sind doch ganz nette Kerle."

„Ja, ich musste nur lachen wie Uwe sagte: „Meine Damen, Sie sind unsere Gäste."

„Wieso?", fragte Karin.

„Ob du mir es jetzt glaubst oder nicht, aber genau so begann die Freundschaft zwischen Herbert und mir." „Dann lassen wir uns mal überraschen", sagte Karin.

Frisch gestylt kamen sie wieder zurück.

„So, hier sind wir wieder", sagte Vera, „ich hoffe, ihr habt euch nicht gelangweilt!"

Während der Abwesenheit der beiden Frauen, unterhielten sich die Männer natürlich auch und gaben ihr Urteil ab. „Ganz am Anfang unserer Kreuzfahrt habe ich Vera hier mit einem anderen Mann gesehen.

Ich kann mich noch genau erinnern. Sie kam und setzte sich zu ihm. Die Männer hier oben konnten sich an dieser Frau nicht satt sehen. Sie tanzte aber immer nur mit ihm."

Schnell sind die vom Bandleader angekündigten 10 Minuten Pause vergangen. Der Bandleader nahm wieder sein Mikrofon: „Meine sehr verehrten Gäste!
Auf geht's in die nächste Runde und zwar mit einer Damenwahl." Karin bat Uwe sofort um diesen Tanz. Vera hingegen muss wohl in diesem Augenblick mit ihren Gedanken abwesend gewesen sein. Denn als sie Björn auffordern wollte, stand dort bereits eine Dame und bat Björn um diesen Tanz. Vera kam also zu spät. Einen anderen Herrn wollte sie aber auch nicht auffordern. Sie beobachtete nun Björn und musste feststellen, dass es die gleiche Frau war, die auch Herbert aufgefordert hatte. „Die sucht sich wohl die besten Tänzer aus", dachte Vera.

„Karin", eröffnete Uwe das Gespräch, „Karin, du tanzt wunderbar, es ist mir ein Genuss. Danke für diesen Tanz"
Karin lächelte, nein, sie strahlte und sagte: „Ich danke auch"
„Ist es auch Ihre erste Kreuzfahrt, o, entschuldige, deine erste Kreuzfahrt, die du gebucht hast?", fragte Karin. „Nein, im vorigen Jahr hatte ich die Kreuzfahrt zum Nordkap gebucht. Das war auch eine wunderbare Reise."
„War das auch hier auf diesem Schiff?"
„Nein, es war ein altes Schiff, die „Mona Lisa", gebaut wurde sie in den fünfziger Jahren. Fehlende Brandschutzvorrichtungen, die nachzurüsten zu viel Geld gekostet hät-

ten, waren der Grund, warum sie eine Tour später abgewrackt wurde. Es war toll, immer wenn wir einen Hafen verließen, war die Melodie >Dein geheimnisvolles Lächeln Mona Lisa<, zu hören. Karin glaube mir, auf dem Schiff war die Nostalgie der Seefahrt zu spüren. Da knarrte auch schon mal eine Bohle."

Dann war der Tanz zu Ende und sie kehrten zurück zu ihremTisch.

„Du Ärmste", sagte Karin als sie wieder den Tisch erreicht hatte.

„Du Ärmste? Karin ich muss mich wiederholen." „Wieso wiederholen?"

„Dann will ich es dir jetzt erzählen: Als ich Herbert kennen lernte, saß er alleine an seinem Tisch, ich fragte ob der Platz frei sei und Herbert sagte ja, bitte nehmen sie Platz. Dass die Tänze vor meinem Kommen, aus einer Runde Damenwahl stammten, konnte ich nicht wissen. Ein paar Minuten saßen wir. Ich merkte, dass Herbert in seinem Inneren mit etwas kämpfte. Ich sagte ihm, er habe doch was auf dem Herzen. Herbert drückste herum. Doch dann sagte er mir, dass er soeben von einer Damenwahl kommend sich gesetzt habe und es sich doch andererseits gebiete, bei seiner Tischdame um den nächsten Tanz zu bitten, nun sei er in Nöten. Ich sagte ihm, er soll ruhig diese Dame auffordern. Ein Mann der alten Schule revanchiere sich. Siehst du und so ist es jetzt hier auch." „Das ist ja nahezu unglaublich", erwiderte Karin.

„Aber wahr", kommentierte Vera.

Vera sah, dass die Musiker wieder zu ihren Instrumenten griffen. Sie beugte vor. „Björn", sagte sie, „Geh du nur und bitte bei der Dame, mit der du eben getanzt hast, um diesen Tanz. Es gehört sich so und du hast dich revanchiert."

Vera blieb natürlich auch nicht sitzen, es kamen gleich drei Herren die um diesen Tanz baten. Vera tanzte natürlich mit dem Herrn, der zuerst kam.

Uwe und Karin standen gleich auf um ebenfalls das Tanzbein zu schwingen. Sie legte sich in seinen Armen und genoss jeden der drei Tänze in vollen Zügen. Bei jeder Melodie summte sie mit. In Karin kamen Gefühle auf, die sie seit Jahren nicht mehr hat vernehmen können. Nach dem letzten Tanz, Uwe führte Karin zu ihrem Tisch. Mit einer kleinen Verbeugung sagte er: „Karin, das waren die drei schönsten Tänze, die ich in meinem Leben getanzt habe. Verzeih mir, ich meine es auch so, wie ich es gesagt habe. Danke, Danke."

Dann prostete man sich zu. Die beiden Frauen nahmen wieder ihr Täschchen: „Die Herren entschuldigen uns mal wieder für ein paar Minuten", sagte Karin, dann entfernten sie sich.

Nun standen sie beide wieder vor ihrem Spiegel. Vera schaute Karin an: „Was ist denn mit dir, du hast ja eine ganz andere Gesichtsfarbe", fragte Vera.

„Ich kann es dir nicht erklären. Aber vor vielen, vielen Jahren habe ich nach einem Tanz schon einmal so ein Gefühl wie heute gehabt. Ich weiß nicht wohin damit. Mir ist es ein Rätsel."

„Meine liebe Karin, ich kann es dir sagen. Das ist die Liebe auf den ersten Blick. Mir erging es so, als ich das erste Mal mit Herbert getanzt habe und das wurde immer schlimmer. Den Rest kennst du ja."

„Ja, der junge Mann damals, wie es sich später herausstellte, war auch verheiratet und ich war die Dumme."

„Ich habe bei den beiden keinen Ehering gesehen. Selbst wenn sie ihn abgemacht hätten, man sieht es immer. Karin, gehe aufs Ganze und frag ihn, an seiner Antwort erkennst du, ob er lügt.
Lügen haben kurze Beine. Das Sprichwort kennst du doch auch?"
Die Band begann zu spielen und Uwe bat gleich wieder um diesen Tanz. Nach ein paar Umdrehungen fragte Karin: „Uwe, du hast wohl deine Frau Zuhause gelassen? Da ist doch so eine Schiffsreise das Ideale oder?"
„Meine liebe Karin", wenn ich eine hätte, dann würde ich jetzt mit ihr hier tanzen. Das darfst du mir glauben. Ja, einen Sohn habe ich und der macht sich über mich lustig, dass ich immer noch alleine bin.

„Warum macht der sich lustig darüber?", wollte sie nun wissen.

„Das ist eine lange Geschichte, belassen wir es dabei. Ich kann dir nur so viel sagen, ich bin seit über drei Jahren Witwer. Später erzähle ich dir mehr darüber. Bitte sei mir nicht böse."

Der letzte Tanz näherte sich dem Ende, Die Musik wurde leiser und der Bandleader sagte: „Verehrte Gäste, wir bedanken uns und wünschen Ihnen eine gute Nacht."

Bei ruhiger See fuhr nun das Schiff dem neuen Morgen entgegen um gegen 8:00 Uhr in Tallinn wieder festzumachen.

Kapitel -46-

Uwe begleitete Karin noch bis zu ihrer Suite. Er bedankte sich für den schönen Abend und fügte noch hinzu: „Karin, ich würde mich sehr darüber freuen, wenn wir so einen Abend wiederholen könnten."

Mit einem Handkuss und den Worten: „Ich wünsche dir eine gute, angenehme Nacht", verabschiedete er sich.

Björn begleitete Vera ebenfalls bis zu ihrer Suite, bedankte sich und wünschte auch ihr eine gute Nacht.

Für den Fall aller Fälle, hatte sich Petra vor dem nächtlichen Spaziergang, ihre Zahnbürste und etwas Make-Up in ihren Anorak gesteckt. Es war ihr Vorhaben, die Nacht mit Herbert zu verbringen. So brauchte sie sich nur neue Kleidungsstücke holen.

Zwar müde und doch gut gelaunt erschienen alle zum Frühstück. Ein jeder hatte ja auch seinen Grund. Es wurde gescherzt und gelacht. Plötzlich hörten sie eine Stimme: „Darf ich sie einmal stören", es war der Kreuzfahrtdirektor, „Entschuldigen Sie bitte, „Sind Sie damit einverstanden? Dieser Herr möchte sich gerne zu Euch setzen."

„Ja gerne", sagte Herbert, „bitte nehmen Sie Platz."

Karin und Vera, die mit dem Rücken zu diesem Herrn saßen, drehten sich um!

„Olaf", rief Vera und sprang auf. Sie war nicht mehr zu halten. Sie umarmte, drückte und küsste ihn so temperamentvoll, dass er kaum noch Luft bekam. Er musste sich regelrecht befreien, sonst wäre schlimmeres passiert.

„Olaf", jetzt stell ich dir erst einmal meine Freunde vor und euch ihr Lieben: „Das ist Olaf, mein Mann."

Vera schluckte einige Male, doch dann fasste sie sich ein Herz: „Ausnahmsweise beginne ich mit dem Herrn. Olaf, das ist Herbert, von dem ich dir so viel erzählt habe." Herbert hakte ein: „Olaf, Vera, deine Frau, sei stolz auf sie, du hast allen Grund!"

Das ist Petra und das ist Karin, sie sind inzwischen meine Freundinnen." Anschließend umarmte man sich.

„Jetzt muss ich aber zuerst fragen: „Wie lange kannst du heute hierbleiben?"

„Mein Schatz, wenn du für mich noch ein Bett hast, dann können wir diese Reise gemeinsam beenden. Ist das nicht toll. Übrigens, meine Koffer sind schon oben." Vera strahlte über das ganze Gesicht. Vor allem aber hörte man bei ihr, die >Steine< fallen, die sie immer noch auf ihrem Herzen hatte.

„Und was machen wir jetzt?", fragte Herbert.

„Wir nehmen zwei Taxen und lassen uns Tallinn zeigen", schlug Olaf vor. „ich lade euch ein."

Passagiere, die Ausflüge gebucht hatten, hatten das Schiff bereits verlassen. Uwe und Björn saßen in gebührendem

Abstand, aber gut sichtbar vom Geschehen entfernt. Sie haben also alles, was sich dort abgespielt hat, mitbekommen. „Hättet ihr etwas dagegen, wenn wir uns auf den Weg machen?" fragte Olaf. Sie standen auf und in diesem Augenblick entdeckte Karin, Uwe, der noch alleine am Tisch saß. Vera sah ihn auch. „Kann ich Uwe mitnehmen?", fragte sie Vera. „Natürlich", antwortete sie. Karin ging zu ihm. „Uwe", sagte sie, „wenn ich dich bitte und das tue ich hiermit, würdest du mein Begleiter sein.

Wir wollen uns Tallinn ansehen?" „Aber ja", sagte Uwe und stand sofort auf.

Karin stellte ihn den anderen vor. „Hört ihr mir bitte einmal zu", sagte sie. „Das hier ist Uwe, ich hatte ihn gebeten, heute mein Begleiter zu sein. Ich möchte bei euch doch nicht das fünfte Rad am Wagen sein. Ich glaube, so läuft der Wagen auch besser."

„Dann bitte ich euch jetzt", ermunterte Olaf, „mir zu folgen. Es sind nur wenige Meter bis zum Taxistand." Mehrere Taxen standen dort und warteten auf Gäste. „Ich würde vorschlagen", Herbert zeigte auf Vera und auf Olaf, „ihr nehmt das erste Taxi und wir vier nehmen da drüben das größere Taxi. Dort sitzen wir denn auch alle bequem."
Olaf sprach mit den beiden Fahrern und handelte den Preis aus. Die Uhr zeigte 9:30.

„Um 14:00 Uhr legt das Schiff ab", ermahnte Herbert, „wir müssen also bis spätestens um 13:15 Uhr wieder zurück sein."

Kapitel -47-

Herberts Empfehlung wurde angenommen. Vera und Olaf bestiegen das normale Taxi. Sie hatten sich ja auch am meisten zu sagen. Karin und Uwe sowie Petra und Herbert nahmen das Groß-Taxi. Die Fahrer der beiden Taxen machten den Vorschlag, doch zuerst von der Oberstadt den 2-stündigen Rundgang vom Domberg mit der Alexander-Newskij-Kathedrale hinunter zur Unterstadt zu bummeln, um dann anschließend, vorbei an schönen Bürgerhäusern zum Rathausplatz zu gelangen. Von dort geht es zurück zum Schiff. Zeitlich sind uns ja ohnehin Grenzen gesetzt.

Vera hatte natürlich tausend Fragen. „Olaf, sag mir, wie konntest du es einrichten, dass du hier in Tallinn noch an Bord kommen konntest." „Schatz, viele Faktoren haben da eine Rolle gespielt. Ausschlaggebend war natürlich, dass der Aufbau der Anlage reibungslos über die Bühne ging und vorzeitig fertiggestellt wurde. Als mir klar wurde, ich kann das Schiff noch in Tallinn erreichen, habe ich mich sofort mit dem Reisebüro in Verbindung gesetzt. Die wiederum haben der Schiffsleitung gemeldet, dass ich in Tallinn an Bord kommen werde. Bezahlt war ja alles und so sitze ich jetzt neben dir." „Du hast doch bestimmt auch Sachen, die in die Waschmaschine gehören?" „Ja, aber das regeln wir gleich, wenn wir zurückkommen. Wir haben doch bis zum Abendessen einige Stunden Zeit." „Ja, auf die freue ich mich auch schon!"

Die zwei Pärchen im Groß-Taxi genossen mehr ihre Zweisamkeit, als dass sie sich für die Stadt interessierten. „Uwe", fragte Karin, was machst du beruflich?" „Ach Karin", seine Antwort kam so zurückhaltend, „ich habe einen unbeliebten Beruf, ich bin so eine Art Vertreter." „Wie, gehst du von Tür zu Tür und verkaufst Programmzeitschriften?" „Ja, so in etwa." „Welche Programmzeitschriften verkaufst du denn und bei welchem Verlag bist du?"
„Mein Verlag ist das Finanzamt Erlangen. Dort bin ich Betriebsprüfer im Außendienst."
Im ersten Augenblick verschlug es der Karin die Sprache. Doch dann lachte sie ganz herzhaft.
„Warum lachst du", fragte Uwe. Was gibt es da zu lachen?" „Entschuldige bitte", sagte Karin, „ich habe eine Steuerkanzlei in Würzburg. Dann sind wir ja Berufskollegen!"

Bei Petra und beim Herbert lief es etwas anders. Händchenhaltend bummelten sie von der Oberstadt den ihnen vorgegebenen Weg hinunter zur Unterstadt. Sie hatten die innere Ruhe und konnten das, was sie gesehen haben, auch verinnerlichen. Es kam ihnen vor, als durchschritten sie eine Blumenwiese. Mit einem Jauchzer sagte Petra: „Schatz, ich fühle mich wie im siebten Himmel."

Es war auch ein Tag, wie er nicht hätte schöner sein können. Sie kamen zurück zum Kai, es war 13:00 Uhr. Vor ihnen die weiße Lady und im Hintergrund das blaue Meer, ein Bild wie im Märchen.

Unterwegs, auf ihrem Spaziergang hinunter von der Oberstadt zur Unterstadt, wurden unzählige Aufnahmen gemacht. Jeder wollte doch für Später diese Erinnerungen haben.

Die angemieteten Taxen hatten das Gelände bereits wieder verlassen. Es wurde beratschlagt, was wohl als nächstes in Angriff genommen werden sollte.

„Machen wir es kurz", sagte Olaf, „in einer guten halben Stunde treffen wir uns zum Mittagessen und danach gestaltet jeder den Nachmittag so, wie er möchte." Alle waren einverstanden!

Kurz nach 13:30 Uhr trudelte ein Pärchen nach dem anderen ein. Lediglich Karin und Uwe kamen zeitversetzt. Kaum hatte man Platz genommen, da fragte auch schon der Getränke Service: „Was darf ich an Getränke bringen?" Einhellig war die Antwort: „Bier!" Als Alwin kam und fragte: „Haben Sie sich entschieden?", wurde es lustig. „Ja", sagten alle. „Bitte die Empfehlung des Küchenchefs." Bei Tisch gab es nicht viel zu reden, jeder ließ es sich schmecken und wartete darauf, sich zu entfernen um anschließend die Mittagsruhe zu genießen.

Doch dann hieß es: Leinen los, es war 14:00 Uhr. Das Schiff verließ den Hafen von Tallinn mit Kurs auf Riga.

Ein Paar nach dem anderen entfernte sich, um sich der Mittagsruhe hinzugeben. „Petra", fragte Karin, „gehst du zum Herbert hinunter? Mir wäre es recht."

„Aber meine Liebste, das ist doch selbstverständlich und vor 18:00 Uhr komme ich auch nicht wieder hoch." Nicht unweit wartete Uwe, er wollte mit Karin hinauf zum Sonnendeck. „Uwe", rief Karin, sie ging zu ihm, „komm, wir gehen zu mir, dort können wir uns in aller Ruhe unterhalten. Petra hat mir gesagt, dass sie zu Herbert geht."

Auch Vera und Olaf, kaum hatten sie gespeist, verließen sie den Mittagstisch. „Ihr werdet uns entschuldigen", sagte Vera und strahlte über das ganze Gesicht.

„Als ich heute Morgen kam", sagte Olaf, sie betraten gerade ihre Suite, „hatte die Schiffs Crew gerade die Gangway zum Ausstieg für die Landgänger gerichtet und ich konnte gleich hochkommen. Man hatte mich erwartet. Die Einschiffung ging reibungslos über die Bühne. Ein Steward nahm mein Gepäck. Er brachte mich zu unserer Suite. Die ich mir jetzt aber erst mal richtig ansehen werde."

„Zuerst packe ich aber deinen Koffer aus. Danach werde ich der Stewardess die Sachen geben, die gewaschen werden müssen."

Olaf schaute sich um, mit dem was er zu sehen bekam, war er sehr zufrieden. Auf dem zur Leselampe gehörenden Tisch entdeckte er ein Buch. Olaf nahm es in die Hand: „Hat dieses Buch Herbert geschrieben?", fragte er. „Ja", war die Antwort. Olaf öffnete es und las die Widmung: >Ich verneige mich vor dir<

„Das hast du ja nicht einmal von mir gehört", sprudelte es aus ihm heraus, „ich muss mich schämen!"

„Das musst du nicht, ich bin doch deine Frau und habe dich sehr, sehr lieb."

Vera ging und umarmte ihren Olaf, küsste ihn und flüsterte ihm ganz leise ins Ohr: „Komm, die nächste Stunde gehört nur uns beiden. Ich habe großes Verlangen nach dir!" Auf dem Bett lag noch der Koffer, den Vera auspacken wollte. Ihn stellte Olaf beiseite und schnappte sich seine Vera. Sie wusste nicht wie ihr geschah, er drehte sich einige Male mit ihr im Kreise, so, dass ihre Füße den Boden verloren. Doch dann wurde Olaf ganz zärtlich zu ihr und es fielen Stück für Stück alle Hüllen. Amor hatte sie nun fest in seine Arme. Beide waren berauscht von ihren Gefühlen. „Ein Tag ohne Liebe", sagte Vera nach dieser wundervollen Stunde, „ist ein nicht gelebter Tag. Schatz glaube mir, noch nie ist mir ein Liebesakt so durch meine Glieder gefahren, wie dieser."

Petra und Herbert verweilten unter anderem auf ihrem Balkon. Sie ließen sich die Getränke bringen und schauten sich in aller Ruhe die während des Spaziergangs gemachten Bilder an.

„Das sind doch schöne Erinnerungen", sagte Petra, „diese Bilder werden wir uns mit Sicherheit später des Öfteren ansehen.

Uwe wusste zunächst gar nicht wie ihm geschah, als er von Karin aufgefordert wurde, doch mit ihr zu gehen.

„Gib dich so wie du bist", dachte er, „dann kann nichts schiefgehen."

„Uwe, eines gleich vorab. Ich mag dich und das ohne einen Hintergedanken", sagte Karin als sie die Suite betraten, „du hast einen Sohn und das hat mich stutzig gemacht. Es muss wohl ein ganz cleveres Bürschchen sein, wenn er dir solche Ratschläge gibt. Und scheinbar hast du auch ein gutes Verhältnis zu ihm, denn sonst hättest du ihn nicht gleich als erstes erwähnt. Das ehrt dich." „Ja, er würde sich freuen, wenn ich eine Partnerin finde. Aber glaube mir, deswegen bin ich hier nicht auf diesem Schiff. Hier sind doch meistens nur Paare. Bei unserer Gruppe, jedenfalls ist das mein Eindruck, hat das Schicksal eine riesengroße Rolle gespielt."

„Du hast es richtig erkannt. Bevor ich dir aber diese Geschichte erzähle, möchte ich erst deine mir beim Tanz angedeutete Geschichte hören. Sei mir bitte nicht böse."

„Vor ca. 4 Jahren, mein Sohn war gerade 13 Jahre alt. Die Schulfreundin meiner Frau kam und lud uns zu ihrer Gartenparty ein. „Mein Mann ist gleich um drei Sprossen auf der Erfolgsleiter befördert worden", sagte sie, „sie und ihr Mann würden sich sehr freuen, wenn wir zu dieser Party kämen." Meine Frau war sehr schön, wie du, lustig und in Gesellschaften ein immer gern gesehener Gast, ja sie flirtete auch gerne. Ich prüfte zu jener Zeit einen mittelständischen Betrieb. Was ich nicht wusste, wegen illegalem Waffenhandel stand er bereits unter Beobachtung. Den Behörden fehlte ein Dokument, auf welches ich aus steuerlicher Sicht, achten sollte. Die Gegenseite wollte aber unter allen Umständen erreichen, dass dieses Dokument, wenn ich es finde, gegen ein anderes ausgetauscht wird. Mich wollte man dazu überreden und meine Frau sollte mich überzeugen, dass es für uns von großem Vorteil sei, auch finanziell. Gegen 22:00 Uhr erschien vom Ehemann der Freundin dessen Chef. Gesehen habe ich ihn nur aus der Ferne. Später sah ich, dass ihm meine Frau von ihrer Freundin, vorgestellt wurde. Es war auch das letzte Mal, dass ich an diesem Abend meine Frau gesehen habe. Später erfuhr ich, dass sich meine Frau geweigert hatte, bei diesem Spiel mitzumachen. Gegen 00:00 Uhr wollte ich mit ihr diese Party verlassen. Ich suchte, aber fand sie nicht. In der Hoffnung, sie habe ein Taxi genommen, bin ich Nachhause gefahren. Ich fand in unserem Briefkasten aber nur den Hinweis, dass man sie entführt habe und ich ohne Polizei zu tun hätte, was man von mir verlange, wenn ich meine Frau lebend wiedersehen will. Dass es sich um das von mir bereits gefundene (Freitag) Dokument handelt, wusste ich nicht. Übergeben wollte ich es meiner Behörde am kommenden Montag. Ich muss zugeben, aus steuerlicher Sicht habe ich nichts an dem Dokument entdecken können, was politisch relevant gewesen wäre.

Natürlich habe ich mich sofort mit der Polizei in Verbindung gesetzt und berichtet. In die Hände genommen hat aber dann der BND die Angelegenheit. Ich bin ja davon ausgegangen, dass es sich hier um eine ganz normale Entführung handelt. Meine Frau fand man nach 14 Tagen ermordet, 50km entfernt an einem See. Nun weißt du, wie das Schicksal bei mir zugeschlagen hat."

Kapitel -48-

Zufriedenstellend hatten alle Paare den Nachmittag verbracht. Das Schiff befand sich auf offener See und lt. Fahrplan wird es am 6. September um 8:00 Uhr in Riga den Hafen erreichen.

Der Tag, so hatte man sich abgesprochen, sollte am Abend in gemütlicher Runde seinen Abschluss finden. Die Paare waren sich darüber einig, dass der Abend dort enden soll, wo auch alles begann. Also in der Pazifik-Lounge.

Am späten Nachmittag packte Vera doch noch den Koffer aus. Sie bekam aber einen Schreck als sie Olafs Anzug sah. „So kann der heute Abend nicht gehen", dachte sie. Vera ließ die Stewardess kommen und fragte, ob sie ihn bis zum Abend gebügelt wieder zurückbekommen könnte. „Aber selbstverständlich", war die Antwort. Pünktlich um 18:00 Uhr klopfte die Stewardess an die Tür und brachte den Anzug wieder zurück.

Es war alles in allem ein sehr schöner Nachmittag, die Sonne schien, es war kein Wölkchen am Himmel zu sehen. Der Balkon hatte auch zu einem Plauderstündchen eingeladen. Gegen 17:30 Uhr verabschiedete sich Uwe: „Karin", sagte er, „es war ein sehr schöner Nachmittag. Ich bedanke mich für deine Einladung. Es tut mir nur leid, dass wir immer nur über mich gesprochen haben. Das muss doch langweilig für dich gewesen sein. Entschuldige bitte!"

„Du brauchst dich nicht zu entschuldigen, mich hat deine Geschichte sehr interessiert, ich war immer voll bei der Sache. Eine Bitte habe ich aber dir gegenüber. Ich möchte gerne deinen Sohn kennen lernen, ist das machbar?" „Karin", sagte Uwe, „der Felix ist noch keine 18 und lachte." Sie standen schon im Kabinengang. Karin schnappte sich Uwe und gab ihm einen Kuss auf die Wange. Dann ging er.

Petra und Uwe begegneten sich noch im Kabinengang. Er ging und sie kam um sich umzuziehen. Karin dachte, Petra hätte, als sie kam, den Kuss noch gesehen. Sie machte ein ganz verlegenes Gesicht. Die beiden Frauen kannten sich nun schon lange genug, um sich gegenseitig einzuschätzen. „Na, hat es gefunkt", sagte sie gleich und Karin bekam einen roten Kopf.
„Wegen mir brauchst du keinen roten Kopf bekommen. Ich habe gleich bei eurer ersten Begegnung gemerkt, dass ihr eine Wellenlänge habt. Wie damals zwischen mir und Herbert. Ich gönne es euch von ganzem Herzen."

Unaufhaltsam bewegte sich der Uhrzeiger auf die 19:00 Uhr zu. Es war schon bereits 18:45 Uhr. Vera und Olaf waren schon unterwegs und organisierten im Restaurant Artania einen entsprechenden Tisch. Es dauerte nicht lange und so nach und nach kamen auch Petra und Herbert, sowie Karin und Uwe.

Beim Getränke-Steward bestellte Olaf eine Flasche Wein, die auch umgehend serviert wurde. Olaf erhob anschließend sein Glas und sagte: „Genießen wir diesen edlen Tropfen, danken dem Schicksal und sagen: >Auf unsere Zukunft! Sehr zum Wohle<"

Dann kam der Steward mit der Speisekarte. Wie an jedem Abend, der Küchenchef machte es jedem recht. Als Alwin kam und fragte ob man schon gewählt habe, bekam er von jedem Paar die jeweilige Bestellung.

Nach dem Abendessen leerte sich das Restaurant schnell. In der Atlantik-Show-Lounge stand die Reise zum Broadway (Die Welt des Musicals) auf dem Programm. Die Gäste waren bemüht, in der Show-Lounge sich einen gut sichtbaren Platz zu organisieren.

„Ich schlage vor", sagte Herbert, „wir fahren jetzt hoch und machen die Pazifik-Lounge unsicher."

Auf dem Wege zum Fahrstuhl vernahmen die Männer, dass die Frauen untereinander tuschelten. „Irgendetwas habt ihr doch besprochen", war Herberts Feststellung.

„Fahrt ihr Männer schon hoch und besorgt einen Tisch, wir Frauen kommen nach, OKAY?"

In der Pazifik-Lounge stellten die Männer zwei Tische zusammen um die erforderlichen Plätze zu bekommen. Auf die Frage was sie denn trinken möchten hieß es einhellig, vorab bitte ein Bier und Olaf reichte der Bedienung seine Bordkarte. Die Männer bekamen ihr Bier und wollten sich

gerade zuprosten, da erschien Björn auf der Bildfläche. Uwe und Björn hatten diese Reise gemeinsam gebucht. Nun saß Uwe zwischen zwei Stühlen. „Was soll ich nur machen", waren seine Überlegungen. Glücklich sah Björn nun gerade auch nicht aus. Olaf beobachtete die beiden und sah, dass sie miteinander sprachen. Er ging zu ihnen: „Kennt ihr euch?", fragte er. „Ja",
sagte Uwe, „wir haben diese Reise gemeinsam gebucht und ich sitze jetzt zwischen zwei Stühlen." „Herbert", fragte Olaf, „hättest du etwas dagegen, wenn sich Uwes Freund Björn zu uns setzt?" „Was sollte ich dagegen haben, unsere Frauen kennen ihn ja schon."
Gut dreißig Minuten waren vergangen. „Jetzt könnten sie aber so langsam kommen", murmelte Herbert so vor sich hin. Er hatte wohl magische Kräfte.
Wie auf Kommando, alle vier Männer schauten zur Tür. Ihnen blieb der Atem stehen. Es kamen ihre drei Grazien, zwar ganz unterschiedlich, aber >Eine schöner als die andere<
Natürlich gingen die drei Männer ihren Frauen entgegen. „Ihr habt euch so hübsch gemacht, uns fehlen die Worte. Wir können uns nur verneigen!"
Ein größeres Kompliment konntet ihr uns nun wirklich nicht machen.
Schnell wurden alle Stühle zurechtgerückt. Die Damen konnten sich setzten. Die Bedienung kam und fragte: „Was möchten die Herrschaften trinken?"

„Einen Augenblick", sagte Olaf, „heute Abend seid ihr meine Gäste. Ich lade euch alle ein. Wir lassen zunächst die Getränkekarte rundum gehen, danach werden wir uns entscheiden."

„Hier schaut mal: SPEZIELLE COCKTAILS & LONG-DRINKS, das wäre doch was für uns Frauen", sagte gleich Karin. Vera und Petra stimmten sofort zu. Die Bedienung kam: „Ich nehme wieder meinen Pina Colada", sagte Petra. „Mir bringen Sie bitte den Kiwi Colada", meldete sich Karin. „Ja, ich bekomme den Mona Lisa Spezial", ergänzte Vera.
„Und was darf ich den Herren bringen?"
„Bringen Sie das, was unsere Damen bestellt haben, zwei Mal." „Damit hätten wir wohl das Wichtigste hinter uns", scherzte Olaf. Alle bedankten sich!
Die Band betrat das Podium und machte sich an ihren Instrumenten zu schaffen. Dann war es so weit. Der Bandleader nahm sein Mikrofon: „Verehrte Gäste, wir begrüßen Sie und wünschen Ihnen einen beschwingten Abend." Die ersten Takte waren zu hören. Ohne lange zu zögern stand Björn auf und ging direkt zu der Dame hinüber, die am Abend zuvor bei der Damenwahl der Vera zuvorkam und ihn um den Tanz gebeten hatte. „Sie gestatten", sagte Björn, „darf ich um diesen Tanz bitten?" „Aber ja", sagte sie und stand auf. Einige Umdrehungen machten sie und plötzlich

sprudelte es aus ihr heraus: „In Ihrer Gruppe haben sich die Paare gefunden, oder?"

„Ja", sagte Björn, „so kann man es sehen.

Petra und Herbert, genau wie Vera und Olaf genossen diese Tänze. Eng umschlungen schwebten sie über den Tanzboden. Es waren eben verliebte Paare.

Zwischen Karin und Uwe gab es hingegen noch einigen Klärungsbedarf. Man mochte sich, sogar sehr, deswegen wollte jeder vom anderen so viel wie möglich wissen. Ihre Tänze genossen aber auch sie. Karin fühlte sich während des Tanzens in seinen Armen wie auf Wolke sieben. „Sag mal Uwe", Karin dachte bei dieser Frage nur an sich, „Betriebe die du zu prüfen hast, sind das nur welche aus deinem Bezirk, oder treibst du auch dein Unwesen in Würzburg?" Beide lachten! „Ich sollte mal nach Würzburg versetzt werden, was ich aber zur damaligen Zeit abgelehnt habe. Man hatte uns ein Grundstück angeboten. Aber im Zuge des Bebauungsplans sollte es schnellst möglich bebaut werden. Genau zu dieser Zeit wurde meine Frau ermordet. Danach hatte ich mit dem Hausbau nichts mehr am Hut."

Sie saßen schon wieder am Tisch. „Karin", Uwe schaute sie an, „Felix und ich, wir haben eine schöne Wohnung und damit waren wir bisher zufrieden."

Dass Björn ohne Partnerin am Tisch sitzen sollte, gefiel nun Olaf gar nicht. „Björn", sagte er, „hättest du etwas dagegen, wenn ich deine Tanzpartnerin zu uns an den Tisch hole?" „Was sollte ich denn dagegen haben? Ich würde mich freuen!"

Olaf stand auf und ging hinüber zu ihr: „Schöne Frau, bitte entschuldigen Sie, aber darf ich Sie einladen an unserem Tisch Platz zu nehmen? Bitte nehmen Sie meine Einladung an. Ihr Tanzpartner wird sich auch freuen."

Die Dame stand auf: „Ich bedanke mich", sagte Olaf, aber zuerst möchte ich mich Ihnen vorstellen, Olaf ist mein Name." „Sehr angenehm, ich bin die Ute."

Olaf bot ihr seinen Arm und führte sie zu seinem Tisch: „So Freunde, jetzt sind wir komplett. Jetzt haben wir zweimal vier Räder! Bevor aber so alles richtig ins Rollen kommt, möchte ich euch Ute, die Tanzpartnerin von Björn vorstellen. Ute, dir stell ich jetzt paarweise meine Gäste vor. Der Reihe nach:

Petra und Herbert, Karin und Uwe, dein Partner Björn, meine Frau Vera und meine Wenigkeit."

Olaf gab der Bedienung ein Zeichen, die sofort kam.

„Ute, Björn, was möchtet ihr trinken?", fragte Olaf.

„Mir bitte einen Banana Daiquiri." „Und der Herr?", fragte die Bedienung: „Das eben genannte zwei Mal", ergänzte Björn.

Olaf gab der Bedienung seine Bordkarte. Die Getränke wurden serviert, anschließend hob er sein Glas und sagte:

„Liebe Gäste, auf dass uns dieser Abend für immer in Erinnerung bleiben wird. Sehr zum Wohl!"

Alles war gerichtet, einem gemütlichen Abend stand nichts mehr im Wege!

Es wurde auch ein Abend, der alle Herzen höherschlagen ließ. Man scherzte und lachte, dass sich die Balken bogen. Jede tanzte mit jedem. Die Zeit verging wie im Fluge. Um 23:30 Uhr, die Musik wurde leiser. Der Bandleader nahm sein Mikrofon: „Meine verehrten Gäste, es ist wieder einmal so weit. Für heute verabschieden wir uns und wünschen Ihnen noch weiterhin schöne Stunden. Damit Sie weiterhin Ihr Tanzbein schwingen können, wird Sie unser DJ Andy mit flotter Tanzmusik verwöhnen."

Die Paare kehrten zu Ihren Tischen zurück. Vera, Petra, Karin und Ute, ein Blick zwischen ihnen genügte und alle vier nahmen ihr Täschchen: „Die Herren werden uns für einige Minuten entschuldigen", sagte Vera, dann entfernten sie sich.

Auch die Herren hatten das Bedürfnis, sich mit einem neuen Duft zu versorgen. „Bitte halten Sie uns den Tisch frei", sagte Olaf der Bedienung.

Karin nahm Petra beiseite: „Sag mal, bin ich nachher alleine, oder kommst du hoch?" „Du bist alleine, ich komme nur und hole mir ein paar Sachen, dann bin ich weg."

Die Damen hatten ihr Make-Up erneuert und frisch gestylt kehrten sie zu ihren Tischen zurück. Den Männern kam es vor, als habe man eine neue Beleuchtung eingeschaltet, so strahlten sie.

„In euch muss man sich ja verlieben, so toll schaut ihr aus", sagte Uwe und sah dabei der Karin in ihre rehbraunen Augen.

Nun übernahm DJ Andy und sorgte für eine angemessene Stimmung.

Herbert hatte Vera um einen Tanz gebeten.

„Einmal noch genießen", dachte Vera und ließ sich führen.

„Herbert mein Schatz", leise flüsterte sie es ihm ins Ohr, „ich liebe dich immer noch. Gegeben hätte ich dir alles, alles was dein Herz begehrte. Wie gerne hätte ich eine solche Stunde mit dir verbracht!

Heute muss ich dir sagen Danke! Danke vor allem in Olafs Namen, dass du es nicht ausgenutzt hast."

„Liebe Vera, auch in meinem Herzen wirst du immer wohnen."

Olaf und Petra im Gespräch, sie bildeten das nächste tanzende Paar.

„Petra", glaube mir, „auch mein Kommen war vom Schicksal bestimmt. Es gibt im Leben Situationen, da braucht jeder Mensch Hilfe und ich bin überzeugt, Vera brauchte sie." „Dem kann ich nur zustimmen. Olaf sei ehrlich? Ist dir nicht auch schonmal eine Frau über den Weg gelaufen, wo du sagtest: Wow ist die hübsch!" Olaf nickte zustimmend. „Wenn ich dir sage, sei stolz auf Vera, dann darfst du mir das glauben. Ohne ihre Hilfe wäre mit Sicherheit zwischen Herbert und mir einiges anders gelaufen. Ich habe großen Respekt vor deiner Frau."

„Sollte Petra tatsächlich recht haben", fragte sich Karin, „dass die beiderseitige Zuneigung zwischen mir und Uwe, sei die Liebe auf den ersten Blick!" DJ Andy hatte die richtige CD >Tanze mit mir in den Morgen< aufgelegt. Gefühlvoll legte sich Karin in Uwes Arme und ließ sich führen, es war schon mehr ein verführen. Ja, Karin hat sich in Uwe verliebt! Der Tanz war zu Ende. Sie umarmte ihn, gab ihm einen Kuss und dann ganz leise: „Uwe, ich habe mich in dich nicht nur verliebt, ich liebe dich auch."
„Die Antwort, mein Mädchen, die habe ich dir aber schon gegeben, als ich zu euch vieren sagte >In euch muss man sich verlieben< und dabei in deine rehbraunen Augen schaute. Diese wunderschönen Augen haben mir den Rest gegeben. Ja, ich liebe dich auch! Nur, sag mal, sind wir noch normal?"

Björn war glücklich, sich dieser Gesellschaft anschließen zu dürfen. Die Krone setzte dem Ganzen Olaf auf, indem er auch noch dazu beitrug, dass Björn eine Tischdame bekam.

Es gibt kaum einen der prädestinierter ist wie Olaf, wenn es darum geht, so einen Abend zu organisieren. Er sieht, wenn etwas fehlt!

Mit >Tanze mit mir in den Morgen< beendete auch dieses Paar den gemütlichen Abend.

Für den kommenden Morgen vereinbarten sie, sich Riga gemeinsam anzusehen.

Als alle Paare ihre Plätze wieder eingenommen hatten, baten die Damen nochmals bei den Herren um etwas Geduld, um sich Make-Up zu erneuern.

Zwischen 24:00 und 1:00 Uhr wurden noch Frankfurter Würstchen angeboten. Wer noch den kleinen Hunger verspürte, konnte sich bedienen. Von den Herren entfernte sich kurzzeitig auch noch der eine oder andere.

Es hätte eines Tuschs bedurft, so strahlend kamen die vier Grazien wieder zurück und nahmen ihre Plätze ein.

Die Paare waren sich einig, den gemütlichen Abend zu beenden. Olaf, der Gastgeber hob sein Glas und bat um Gehör. Doch bevor er auch nur ein Wort sagen konnte, ergriff Herbert das Wort: „Ihr Lieben, ich halte es für angebracht, bevor Olaf das Wort zur >Nacht< spricht, dass wir uns bei ihm für den wunderschönen, gemütlichen Abend unseren Dank aussprechen. Also Olaf: HERZLICHEN DANK!

Nun erhob Olaf sein Glas:

„Meine lieben Gäste!" Olaf wurde förmlich.

„Behalten wir diesen Abend immer in bester Erinnerung und leeren wir unsere Gläser auf eine erfolgreiche Zukunft!"

Kapitel -49-

Das Ende des gemütlichen Abends war beschlossene Sache. Jeder machte sich auf den Weg seine Kabine zu erreichen. Björn begleitete Ute. Vor ihrer Kabine bedankte er sich für den schönen Abend und wünschte ihr eine geruhsame, gute Nacht. Was Ute mit den Worten: „Danke, das wünsche ich dir auch",
beantwortete. „Sehen wir uns am Mittagstisch?", fragte noch Björn. „Ja, ich komme", war die Antwort.

„Ich begleite dich noch bis zu deiner Suite", sagte Uwe und bot Karin seinen Arm an. Langsam schlenderten sie zum Fahrstuhl. Doch dann entschieden sie sich, lieber die Treppe hinunter zu gehen. Vor ihrer Suite. Karin öffnete die Tür.
„Karin", Uwe flüsterte, es war doch mitten in der Nacht. „Bevor ich dir eine gute Nacht wünsche und gehe, möchte ich mich aber vorher bei dir für den wunderschönen Abend bedanken."
Ehe sich Uwe versah, hatte Karin Uwes Arm ergriffen und ihn in ihre Suite hineingezogen.
Sie umarmte ihn: „So, jetzt bist du mein Gefangener! Und gehen darfst du erst, wenn ich damit einverstanden bin." Danach gab sie ihm einen ganz innigen Kuss. „Komm setz dich, was möchtest du trinken?", fragte sie. „Danke, mir hat es heute Abend gelangt."

„Einen Augenblick entschuldige mich bitte", sagte sie ihm, „ich muss mal eben kurz ins Bad", sie gab ihm einen Handkuss. Uwe ließ nun seinen Gedanken freien Lauf: „Ob Felix sie mag? Ich werde sie ihm so schnell wie möglich vorstellen. Der Junge ist ja aufgeschlossen. Andererseits brauch er sich dann auch nicht mehr über mich lustig zu machen. Ich lasse es darauf ankommen."

Es dauerte einige Augenblicke, er glaubte zu hören, dass noch mitten in der Nacht jemand das Badewasser einlässt. Karin rief: „Uwe, kannst du mal kommen?"

Uwe stand auf und ging ins Badezimmer. Karin hatte das Wasser eingelassen und stand in einem weißen Bademantel vor ihm: „Na, mein Strafgefangener, wie gefalle ich dir?" Langsam, ganz langsam löste sie am Bademantel den Gürtel: „Nun schließe deine Augen und komm bitte einen Schritt näher. So, jetzt öffne meinen Mantel und deine Augen!"

Einen Ton konnte er in diesem Augenblick nicht von sich geben, er war sprachlos „Lauf weg Gefangener, oder komm zu mir in die Wanne!"

In seinem Leben hatte sich Uwe noch nie so schnell ausgezogen, wie in dieser Minute. Und seine Begierde? Nie war sie in seinem Leben größer! Es dauerte kaum eine Minute und Uwe war zu ihr in die Wanne gestiegen. Zunächst verhinderte der auf dem Wasser stehende Schaum die doch gewünschte Sicht.

So nach und nach löste sich auch der Schaum auf und jeder sah den anderen wie Gott ihn schuf. Im Wasser kam man sich so nah wie möglich und küsste sich. Sich im warmen Bad gegenüber zu sitzen, sich zu fühlen und dem anderen noch ein paar liebe Worte zu sagen, brachte das Verlangen auf den Höhepunkt und diesem Verlangen konnten sie beide nicht mehr widerstehen. Nach dem Bad hüllte sich Karin in ihren Bademantel und zog Uwe mit hinein. Es >knisterte<, auf seinen beiden Armen liegend, trug er sie zum Bett.

Schluss! Amor nahm das Zepter in die Hand und sagte: „Nun lassen wir sie alleine", er zog die Vorhänge zu.

Das an der Tür zur Suite angebrachte Schild >BITTE NICHT STÖREN< wurde erst zur Mittagszeit entfernt.

Wie schon der Karin mitgeteilt, übernachtete Petra die noch verbleibenden Stunden in Herberts Kabine. Einerseits feierte man immer noch das Wiedersehen und andererseits war man im Nachhinein auch müde.

Bei den individuell geführten Gesprächen am Vorabend schälte sich heraus, dass sich die nun neu gefundenen Paare, alleine ihre Landgänge gestalten möchten. Man hatte sich doch untereinander sehr viel zu erzählen, oder die eine oder andere Frage zu stellen.

Die MS Artania hatte am nächsten Morgen den Hafen von Riga erreicht und festgemacht. Zur gewohnten Zeit, erschien keines der Paare am Frühstückstisch. Jedes Paar hatte das Bedürfnis auszuschlafen.

Kapitel -50-

Dreiviertel dieser wunderschönen Ostsee Kreuzfahrt hatten die Passagiere der MS Artania inzwischen hinter sich. Man hatte viel gesehen und viel erlebt. Liebende fanden sich wieder, neue Paare erfanden sich und vor allem, eine Ehe wurde dadurch gerettet.

14:00 Uhr, das Schiff verließ den Hafen von Riga und nahm Kurs auf Gdynia / Danzig. Hiernach war Oslo der letzte Hafen, bevor die Artania dann wieder Bremerhaven am 11.09. erreichte.

Petra und Herbert haben sich in aller Ruhe die Innenstadt von Danzig angesehen. Bei herrlichem Sonnenschein nutzten sie die Möglichkeit, in den Straßen Kaffees bei Kaffee und Kuchen über so manche Angelegenheit und über die Zukunft zu sprechen. „Schatz", sagte Petra, „was unsere Zukunft angeht, werden wir nichts überstürzen und alles in aller Ruhe besprechen, wenn wir wieder zuhause sind."

Auch Karin und Uwe nutzten die Zeit, über künftig anstehende Entscheidungen zu sprechen. Wobei Uwe gleich sagte: „Innerhalb eines Landes ist es nicht schwer, sich versetzen zu lassen. Ich sehe da keine Probleme. Und Felix, er wird uns ohnehin, wenn er mit dem Studium beginnt, verlassen. Abgesehen von all diesen Dingen weiß ich ja noch gar nicht, ob du mich überhaupt haben willst?" „Gefangene kommen bei mir in den >Keller<. Wenn du damit zufrieden bist, dann ist alles Okay und gab ihm einen Kuss."

Vera und Olaf genossen jeden Tag den der Himmel ihnen schenkte. Nachdem auch sie sich die Innenstadt von Danzig angesehen hatten, ging es wieder zurück zum Schiff. „Wie lange wird es wohl dauern?", fragte sich Olaf, „um wieder eine Reise so genießen zu können?"

Zwischen Gdynia und Oslo lag ein See Tag. Die Paare nutzten die auf dem Schiff gebotenen Annehmlichkeiten. In der Atlantik-Show-Lounge am Abend, <Die Besatzung der MS Artania lädt ein zu ihrer CREW SHOW>.
Es war ein sehr unterhaltsamer Abend!

In den frühen Morgenstunden bog die MS Artania in den ca. 100 km langen Meeresarm, den Oslofjord ein. Alle vier Paare nutzten die Gelegenheit, direkt nach dem Frühstück diese herrliche Landschaft an sich vorüberziehen zu lassen. Gegen 11:00 Uhr machte das Schiff, gegenüber der im neuen Stil erbauten Oper fest. Jedes Paar hatte sich ein Ziel gesetzt. Egal, ob Holmenkollen mit der neuen Skiflugschanze, die Oper, oder die Innenstadt mit den vielen Museen und Kirchen. Für jeden war etwas dabei.

Am Abend um 22:00 Uhr hieß es Leinen los, das Schiff verließ den Hafen von Oslo. Es gab wieder einen See Tag.

Am Abend des See Tages hatte der Kapitän, die Schiffsleitung, der Kreuzfahrtdirektor und das restliche Team zu einem Abschieds-Cocktail eingeladen um sich zu verabschieden. Elegante Kleidung wurde empfohlen.

„Ich werde wieder meinen Smoking anziehen", sagte Herbert. „O ja" erwiderte ihm Petra, „in einem Smoking habe ich dich noch nie gesehen. Ich werde mich auch sehr chic machen. Die Leute werden Staunen wenn sie uns sehen.

Karin wollte natürlich mit ihrem Uwe ebenfalls im hellen Licht erscheinen. „Uwe", fragte sie, „hast du für heute Abend auch einen Smoking?" „Sag mal, zweifelst du daran? Selbstverständlich habe ich einen Smoking. Du wirst große Augen machen!"

Vera wusste, dass Olaf seinen Smoking nicht mitgenommen hatte.
Sie rief die Stewardess: „Anna", sagte sie, „Sie wissen doch, mein Mann ist erst in Tallinn an Bord gekommen. Können Sie mir helfen? Er hat keinen Smoking."
„Für solche Fälle hat unsere Kleiderkammer vorgesorgt. Ich muss aber sofort nachfragen. Welche Größe hat Ihr Mann?" „Bitte die Größe 54", sagte Vera.

Zwanzig Minuten später, es klopfte, Vera öffnete und Anna stand vor ihr. „Sie können sich einen aussuchen. Einen Smoking habe ich mit spitzen Revers und einen habe ich mit einem Schalkragen. Welchen möchten Sie?" „Ich nehme den Smoking mit dem Schalkragen, den hat er auch zu Hause. Anna, vielen, vielen Dank!"

Olaf kam zurück. Er hatte einen kleinen Spaziergang gemacht. „Hier schau, ich habe dir einen Smoking besorgt. Mit Schalkragen, so wie du ihn zu Hause auch hast. Probiere ihn bitte an, er müsste passen. Es ist eine 54, deine Größe." Er probierte „Der passt, das hast du gut gemacht", Olaf gab ihr einen Kuss.

Der Abend nahte. Zu 17:45 Uhr waren die Gäste vom Lido-(8) und vom Jupiter-Deck (7) geladen.

Kurz vor 17:00 Uhr trafen sich die vier Paare vor dem Fahrstuhl, um anschließend gemeinsam die Atlantik-Show-Lounge aufzusuchen.

Hier wurde jeder von jedem mit reichlich Komplimenten bedacht. Die Paare sahen auch toll aus. Jedes Paar ließ sich fürs Erinnerungsalbum ablichten. Zufällig kam der Kreuzfahrtdirektor vorbei. Mit der Bitte, doch von ihnen ein Gruppenbild zu machen, drückte man ihm die Kamera in die Hand. Diesem Wunsch entsprach er!

Die Aufnahmen, sie dauerten schon ein paar Minuten. Zeit die ihnen verloren ging. Als sie die Show-Lounge erreichten, wurden ihnen von den Empfangsdamen zunächst der

Abschieds-Cocktail gereicht. Einige Schritte weiter reichte man ihnen Häppchen aller Art. Sie staunten, jedes Paar musste zusehen, in irgendeiner Reihe noch zwei Plätze zu finden. Es gelang aber jedem Paar!

Pünktlich um 17:45 Uhr betrat die gesamte Crew die Show-Bühne. Petra und Herbert saßen Händchenhaltend und wollten den Worten des Kapitäns lauschen. Bei den anderen Paaren war es ähnlich.
Der Kapitän trat als erster hervor:

„Meine sehr verehrten Damen und Herren,
        liebe Gäste,
Als Ihr Kapitän begrüße ich Sie auf diesem Schiff auf das Herzlichste. Es war mir eine Ehre, Ihr Kapitän zu sein. Ich hoffe, Sie waren mit mir zufrieden."
Ein Applaus brauste auf!
„Ich werde Ihnen nun meine Crew der Reihe nach vorstellen: ………
Dem Kapitän folgend ergriff der Kreuzfahrtdirektor und ihm folgend der Küchenchef das Wort. Auch sie stellten ihre Crew vor.
Die ganze Zeremonie dauerte etwa eine Stunde und dreißig Minuten. Herbert und Petra waren die ersten, die das Restaurant Artania betraten und einen Tisch organisierten. Kurz nach ihnen kamen auch die anderen. Nun kam der Höhepunkt für den Gaumen, das Abschieds-Abendessen.

Ein fünf Gänge Menü ließ keine Wünsche offen. Dann natürlich, der Höhepunkt aller Schiffsreisen, die Wunderkerzenparade am Galaabend!

Den Abschieds Abend auf diesem Schiff wollte nun doch jedes Paar individuell für sich gestalten. Petra und Herbert und gleichfalls Karin und Uwe zog es dorthin, wo alles begann. Sie verbrachten den Abend in der Pazifik-Lounge.
Björn und Ute bevorzugten den Abend in der Atlantik-Show-Lounge. Nach der Show spielte dort die Rondo Showband.
Lediglich Olaf, er hatte den Wunsch, mit Vera Harry`s Bar aufzusuchen und mit ihr einen Abend der Stille zu verbringen. Ein Stück Eifersucht machte sich doch bemerkbar.
Jedes der Paare verlebte den Abend so, wie sie es sich vorgenommen hatten.

Kapitel -51-

Der neue und auch gleichzeitig letzte Tag war gekommen. Das Schiff befand sich auf dem offenen Meer. Es waren die letzten Stunden vor der Ausschiffung.

Also die Koffer mussten gepackt werden. Ab 00:00 Uhr müssen alle Koffer vor den jeweiligen Kabinen stehen. Das Schiffspersonal holt sie ab und bringt sie zum Zoll.

Im Artania Restaurant konnte ab 7:00 Uhr gefrühstückt werden. Olaf und Vera betraten als erste das Restaurant und hielten Umschau nach einem Tisch.

Kurze Zeit später trafen auch die anderen Paare ein. „Habt ihr alle noch einmal gut geschlafen?", fragte Herbert und bekam ein: „Ja danke", zurück.

„Einen Punkt habe ich noch", sagte Olaf, „wir dürfen auf keinen Fall vergessen, uns gegenseitig Name, Anschrift, Telefon und E-Mail auszuhändigen. Damit auch wirklich nichts schief geht, beginne ich. Jedem von euch übergebe ich jetzt meine Visitenkarte und bitte euch, das gleiche zu tun. Schnell war diese Angelegenheit erledigt.

„Zwischen 8:00 und 8:30 Uhr sollten wir in Bremerhaven sein", sagte Uwe. Dann fügte er hinzu: „Aber richtet euch darauf ein, wir werden vor 10:30 Uhr das Schiff nicht verlassen können. Das war bei meiner letzten Reise auf der Mona Lisa auch so."

Nach dem Frühstück vertrieben sich die Passagiere mehr oder weniger belanglos die Zeit. Viele schauten sich das Anlegemanöver, was immer interessant ist, an. Man hatte doch nur noch sein Handgepäck.

Herbert und Petra, ebenso Uwe und Karin suchten sich ein ruhiges Plätzchen um noch anstehende für die Zukunft wichtige Punkte zu besprechen.

„Ich schlage vor", sagte Karin, „dass jeder einzelne von uns, zunächst erst einmal den Heimweg antritt. Es werden zu Hause viele Dinge auf uns warten, die zu erledigen und nicht aufzuschieben sind."

„Wenn wir gesund zu Hause angekommen sind, können wir es dem Partner ja mitteilen", ergänzte Herbert, „abgesehen davon, sind wir doch alle mit dem Auto hier."

„Schatz, ich habe eine Bitte. Komm lass uns auf der Promenade noch einen kleinen Spaziergang machen. Bis zur Ausschiffung werden bestimmt noch ein bis zwei Stunden vergehen. Wir sitzen nachher lange genug im Auto. Weißt du was mir soeben eingefallen ist? Ich habe jetzt anschließend noch über eine Woche Urlaub. Wenn du deine wichtigen Dinge erledigt hast, dann kannst du mich doch besuchen kommen. Vieles könnten wir dann in Ruhe besprechen. Auch unsere Hochzeit! Schatz, ja ich will dich!" „Ich dich auch!" Erwiderte Herbert.

Karin und Uwe hatten das gleiche Begehren. Sie spazierten auch auf der Rundum Promenade und hatten einiges zu besprechen. „Sag mal, wie lange hast du noch Urlaub?", fragte Karin. „Wenn ich jetzt nach Hause komme, sind es noch genau zwei Wochen." „Das wäre doch günstig. Im Augenblick hat Bayern doch noch Schulferien. Sprich mit Felix und dann kommt ihr mich besuchen. Wenn du Langeweile hast, Arbeit habe ich für dich!" Karin lachte.
„Das ist keine schlechte Idee. Ich werde mit Felix sprechen."

Vera und Olaf hielten sich auf dem Sonnendeck auf. Auch sie hatten einiges zu besprechen. „Sag mal mein Schatz", begann Olaf das Gespräch, „ich glaube, ich bin zur rechten Zeit gekommen. Jedenfalls habe ich den Eindruck." „Ja, als ich ihn kennen gelernt habe, es ist kaum zu beschreiben. Alles war so einfach, er wollte nichts von mir und ich wollte nichts von ihm. Unsere Suite hat Herbert nie gesehen. Er hat auch nie danach gefragt. Wenn er mich vom Tanz kommend begleitet hat, nicht einmal einen Blick hat er hineingeworfen. Wir vereinbarten eine aufrichtige Freundschaft. Herbert kam mir nicht einmal zu nahe. Aber genau das alles reizte und brachte ungewollte Gefühle hervor. Ich habe schwere Stunden überstehen müssen. Später, dank Petra ging es mir besser."
„Ich habe mit Petra gesprochen. Sie hat mir gesagt, dass ich sehr stolz auf dich sein darf. Schatz, das bin ich auch."

Plötzlich die Lautsprecherdurchsage: „Verehrte Gäste, das Schiff ist freigegeben. Sie können das Schiff verlassen und unten in der Halle ihr Gepäck in Empfang nehmen.

Wir wünschen Ihnen eine angenehme Heimreise und kommen Sie gesund zu Hause an!"

ENDE

232

Zeitfracht Medien GmbH
Ferdinand-Jühlke-Straße 7
99095 Erfurt, Deutschland
produktsicherheit@kolibri360.de